单身男子

A Single Man

Christopher Isherwood

克里斯托弗·伊舍伍德

禹磊　译

上海译文出版社

献给

戈尔·维达尔

前言

我与克里斯托弗·伊舍伍德曾见过一次。那时候我才二十岁，刚开始在洛杉矶闯荡。我有个很好的朋友和大卫·霍克尼住在一起，而后者和伊舍伍德关系很好。在一九八〇年前后的那段时间，因为离我家不远，我常在比弗利山庄一带厮混。我求过朋友好多次，请他介绍我和伊舍伍德认识。

伊舍伍德是他们那一代最负盛名的作家之一。他是一个二十年代的背叛者，背弃了传统保守的教养，投身于三十年代初柏林引人侧目的享乐主义生活，并在六十年代成为文学和民权运动中的同志偶像。他是一个才华横溢的艺术家，看起来家庭美满，和长期伴侣一起生活在圣莫尼卡峡谷一带。他代表着一种可能，即同时拥有艺术和爱情、经受住种种风险获得安稳生活的可能。一年前我十九岁的时候，读过《单身男子》。伊舍伍德于一九六四年完成此书，一部关于痛苦以及人之羁绊之美的小说。但那时我的生活经历还不够，无法领会作者经过四十多年的精神探索，对灵魂的洞悉有多深。当时我只是喜欢上了故事的主角乔治，那位英国男子，坚忍、智慧之下藏着一颗破碎的心。

某天，大卫·霍克尼问我朋友和我要不要一起去西好莱坞的画廊开幕式。他提到他会见到“克里斯和唐”——克里斯托弗·伊舍伍德和他年轻的伴侣，美国画家唐·巴查迪。我抓住了这个机会。我知道伊舍伍德喜欢有魅力的年轻人，于是信心满满地认为自己能给他留下深刻印象，然后成为一生挚友。当我们到达画廊时，我远远看见了伊舍伍德。彼时七十六岁的他有一种迷人的能量：上一刻像男生一样热情洋溢，倏忽间又如僧人般陷入沉思。我充满敬畏。

终于，我被引见给了伊舍伍德，但他完全没被我吸引。我显然高估了自己的魅力。我们只是握了个手，我说我是他的超级粉丝，然后他就转身跟和夫人一起来的演员文森特·普赖斯说话去了。我在巴查迪那里的待遇好得多。要等多年后，我将《单身男子》改编、执导，推向大银幕时，我们才熟络起来，而他已经完全不记得我们曾见过。

尽管我没能给伊舍伍德留下什么印象，他的作品却对我有深远的影响。匆匆一见之后，我更加痴迷于他的文字，几乎读了他所有的作品，也重读了我最爱的《单身男子》。老实说，我当时不仅喜欢上了男主角乔治，还喜欢上了伊舍伍德。他的声音清晰地在作品中回响，极富洞见，至今仍在对我言说。

当我年近五十再重读《单身男子》时，小说带给我的是比十九岁时更深层的感动。那时我正经历自己的内部危机，就像小说中的乔治一样，对未来感到迷茫。而这部伊舍伍德在日记中自认“说出了真相”（见一九六四年九月七日的日记记录），同时也被公认为是其代表作的小说，对我个人而言，有着特殊而深刻的意义。我发现这就是我一直以来为自己的第一部电影所寻找的主题故事。

所以在三年半的时间里，我和当初匆匆一见的作者有了一层特别的联系。伊舍伍德于一九八六年过世，但在我竭力将小说转化为电影的过程中，他的形象一直盘桓在我脑海里。为了沾染他的福气，我还偷偷将伊舍伍德的东西用在了电影里面。他和巴查迪家里的画被挂在电影里乔治家的墙上。巴查迪本人也穿着伊舍伍德标志性的红袜子出现在了电影里，红袜子既是幸运符，也是一种致敬。有时候，我们会花一周时间，用一百种方法去拍电影中的一幕，我会想作者是不是也能看到这其中的辛苦。我知道伊舍伍德和我一样，是一个痴迷于细节的处女座，我们的生日实际上就差一天。我想，至少我对完美的追求会让他高兴。

《单身男子》让我对伊舍伍德先锋的、不合成规的人生有了新的理解。正因为他对生存、写作和爱有深刻的渴望，他的文字才如此透彻，如此鲜活。

汤姆·福特

二〇一二年于伦敦

单身男子

醒来时最先意识到的是“在”和“现在”。刚醒来的会继续躺着，盯着天花板发会儿呆，直到回过神来，意识到“我”，这才推演出“我在”“现在我在”这样的概念。接下来感受到的是“这里”，至少算一个消极的宽慰；因为在这个清晨，它发现这里就是自己该待的地方，一个被称为“家”的所在。

“现在”并不是简单的当下。“现在”还是一个冰冷的提醒，昨天之后又过了一整天，去年之后又过了一整年。每一个“现在”都被标上了日期，宣告以往那些“现在”都已过时，直到——或早或晚，也许会——不，是一定会到来的——最后一刻。

恐惧牵动着迷走神经。在正前方等着的是某种令人作呕的畏惧感。

与此同时，冷酷的纪律执行者——大脑皮层夺回中枢控制权，开始逐一测试其他部分：伸伸腿，弯弯腰，用力抓握一下指头。测完整个内部交互系统后，它下达了今天第一个综合指令：起床。

尽管拇指和左膝的风湿引发刺痛让它抽搐，幽门痉挛也让它有些恶心，躯体还是服从地把自己从床上支了起来，踉跄几步，赤裸着进了洗手间。先解放膀胱，再称一下体重，还是一百五十磅多点儿，枉费了在健身房吃的那么多苦！接着，它走到镜子前。

镜子里看到的，与其说是张脸，不如说是困窘的真实写照。这就是它花了五十八年把自己弄得一团糟：迟钝、疲惫的眼神，粗糙的鼻子，下垂的嘴角让整张脸呈现出一副苦相，像被自身所产的毒素酸到了；面颊原本贴伏在肌肉上，现在也向下滑落；喉咙部位全是细褶子，松松地垂着。疲惫的表情属于那些已经累到绝望却绝无可能停下来的游泳或长跑运动员。我们现在看到的这个家伙会一直挣扎，撑到最后一秒。并非因为它是英雄，只是想不到其他选择。

更深地凝视镜子，就能在这张面孔里看到更多的脸：幼童的脸，少年的脸，青春焕发的脸，青春稍逝的脸——都还陈列着，像化石一样层层叠叠地保存下来；也像化石一样，是死的。它们向这个不断走向死亡的躯体传达着信息：看看我们——我们都已经死了——这有什么可怕的呢？

躯体回应说：但你们的死亡是逐步、轻缓的。我怕的是仓促。

躯体对着镜子看了又看。它微微张开双唇，开始用嘴来呼吸。直到大脑皮层不耐烦地命令它去洗漱、刮胡子、梳头。也不能裸着，得穿戴整齐，毕竟要出门，去到有其他人的世界，必须让人们能认出它。行为举止还得让别人能接受。

认可了对其他人还负有责任，它乖乖地洗了澡，刮了胡子，梳好了头发，甚至为在人群之中还保有一席之地而高兴。它知道其他人对自己的期待是怎样的。

它还知道自己的名字。它叫乔治。

穿戴整齐后，它就变成了"他"。虽然跟大家所要求的、准备认可的乔治或多或少还有点区别，但也基本变成了乔治。那些一大早给他电话的人，如果意识到自己是在跟一个不过四分之三的人类说话，估计会无所适从，甚至被吓到。当然，他们永远发现不了，因为他能在声音上近乎完美地模拟出他们熟悉的乔治。甚至夏洛特也分辨不出。只有两三次，一些还不够高明的细节被她察觉到，引得她在电话那头问："乔，你还好吧？"

他穿过前厅，这个被他称为书房的地方，然后下了楼。楼梯有个转角，又窄又陡。下楼时手肘能同时碰到两边的扶手，即便像乔治这样不过五英尺八英寸的身材，还得低一下头才能通过。这是一座布局紧凑的小房子。他经常觉得自己被这房子的狭小所保护，几乎没留出让人觉得寂寞的空间。

话虽如此——

想想两个人曾日复一日、年复一年住在这座小房子里，在那个小炉子前肘碰肘地做饭，在窄窄的楼梯上互相挤着通过，在洗手间同一面小镜子前紧挨着刮胡子，时常推推搡搡，有意无意地撞在对方身上，有感伤，有挑衅，有尴尬，有不耐烦，有愤怒也有爱——想想他们在这一切背后留下的虽无形却深刻的痕迹！进厨房的过道被造得太窄。两个端着满盘子食物又急匆匆的人很容易在这里撞上。就在这里，每个早晨当乔治从楼梯上下来，都会突然感觉自己站在一处遽然撕裂的锯齿状边缘——当年的痕迹仿佛消失在塌方之下。也是在这里，他会稍作停留，带着一种病态的新鲜感，几乎像是第一次那样意识到：吉姆已经死了。死了。

他静静地呆站着，等一阵痉挛平息，其间最多像动物一样短促地咕哝一声。然后他走进厨房。这些晨起的痉挛太痛苦了，让人很难再为此多愁善感。痉挛过去，他只觉得如释重负，就像刚挨过了一波剧烈的绞痛。

今天的蚂蚁比平常多，排成纵队蜿蜒爬过地板，爬上水槽，威胁着放果酱和蜂蜜的柜子。他固执地用喷雾器消灭了它们，突然察觉到自己的所作所为：一个顽固、恶毒的老家伙，把自己的意志强加在这些有益而可爱的小虫身上。在茶壶、平底锅、刀叉、瓶瓶罐罐这些在进化王国里连一席之地都没有的观众面前，生命正自相残杀。为什么？为什么？是某个宇宙中的敌人，某个大暴君，诱使我们与大自然的盟友敌对，与他治下其他受害者敌对，好让我们对他的存在视而不见吗？但当乔治转过这些念头时，唉，蚂蚁都已经死了。他用湿布擦拭干净，拿到水槽里冲了下去。

他给自己做了水波蛋，就着培根、吐司和咖啡，坐在厨房的餐桌旁享用。耳际响起的，是很多年前，幼时在英格兰，保姆教他唱的童谣：

水波蛋配吐司真正好吃——

（她的容颜仍清晰可见，灰色头发下面有小老鼠那样明亮的眼睛，身材矮胖，手里端着一个幼儿早餐托盘，因为刚爬完楼梯而气喘吁吁。她常抱怨这些台阶太陡，还叫它们“木头山峦”——这是他童年记忆里的一个奇幻表达。）

水波蛋配吐司真正好吃，

吃完一个保你还想再吃！

啊，儿时的欢愉里那些转瞬即逝的舒适让人心碎。乔治少爷在美美地享用着水波蛋。保姆注视着他，并不明白这个美好的小世界注定会被毁灭，还微笑着向他保证：一切都太平无虞！

和吉姆共进早餐曾是一天中最美好的时光之一。他们往往在喝到第二杯或第三杯咖啡时聊得最起劲。脑子里突然冒出来什么，他们就聊什么，当然也包括死亡，以及如果死里逃生，残存下来的那部分到底算什么。他们甚至讨论过即刻死亡和知道自己时日无多之间相对的利弊。但乔治现在怎么也想不起来吉姆的立场了。当时，这样的问题看起来太学术，很难被大家当真。

假设逝者真的能重访人间，假设勉强算是吉姆的某种东西能回来，看看乔治过得怎么样，这能让人满意吗？或者说这值得吗？最多不就是像一个外国观察者的短期访问，从自己自由的广阔天地，远远地，透过玻璃窥视一下房子里的人？那人孤独地坐在狭窄房间里，在小桌子前，卑微而滞重地吃着水波蛋，是个被终身监禁的囚徒。

客厅幽暗，房顶很低，窗子对面是整面墙的书架。这些书并没有让乔治变得更高贵、更优雅，或者真的更加睿智。他只是喜欢根据自己的情绪，聆听这本或那本书发出的声音。他在公开场合不得不以充满敬意的方式谈论这些书，私下里却无情地滥用它们：睡前助眠，让他不再把注意力放在滴答走着的钟上；帮他放松，挺过让人不得安宁的幽门痉挛；絮叨着为他赶走忧郁，还能刺激结肠的条件反射。

他现在就拿下来一本。罗斯金对他说道：

> 当你还是小学生时，你会喜欢气枪，来复枪和阿姆斯特朗机枪对你来说不过是做得更精细点而已。最糟糕的是，当你还是小男孩时，对你来说是游戏的，对麻雀来说并不是；而现在你觉得是游戏的，对英国小型鸟类来说并不是；如果面对的是黑鹰，你却会害怕朝它们开枪。如果我没说错的话。①

让人难以忍受的老罗斯金，留着他的大胡子，总是正确得无懈可击，疯狂又暴躁地讽刺着英国人——这是今天最合适的五分钟厕

① 引自约翰·罗斯金（John Ruskin, 1819—1900）的《野橄榄花冠》（*The Crown of Wild Olive*），这里的“游戏”暗指战争，“黑鹰”指普鲁士。罗斯金讽刺的是英国在面对与自己不对称的对手时乐于展示武力，但在1863年普鲁士联合奥地利对丹麦发动战争、开始统一德国的第一步时，英国虽然名义上站在丹麦一边，却没有进行实质干预。

所读物。乔治感到一阵肠蠕动，带着惬意的紧迫感，他拿起书，疾步上楼去了洗手间。

坐在马桶上，他望向窗外。（从街对面能看到他的头和肩膀，但看不见他在做什么。）这是一个加州典型的灰色冬晨，不冷不热，太平洋的海雾弥漫着，天空低垂而柔软。海天连成一片，柔和而略带伤感的灰色一直铺陈到岸边。岸上棕榈树纹丝不动地站着，水雾凝结，从夹竹桃的叶子上滴下来。

这条小街叫香樟巷。也许是因为曾经长过一些香樟，但现在一棵也没有了。更有可能的是，从肮脏的洛杉矶市区和沉闷势利的帕萨迪纳跑来的逃避主义者先驱们因为这名字别致奇特而选了它。这些先驱在二十世纪初期来到这里，把这里当作他们的殖民地，把他们刷着灰泥的小平房和板壁支起来的矮棚子当作郊区的小别墅，给它们起了一些类似“水手舱”和“嗨翻屋”这样可爱的昵称；他们称街道为巷、道、径，以配合想要营造的那种森林般的感觉。他们理想的乌托邦是一个带有巴黎蒙马特尔高地气质的亚热带英国村庄：一个美好的小地方，在那儿你能随便画点什么、写点什么，更重要的是能开怀畅饮。他们自视为负隅顽抗者，在最后的战壕里抵抗二十世纪。从清晨到夜晚，他们为从那种城市特有的、能销蚀灵魂的商业环境里逃离而大声地赞美上帝。他们是波希米亚式的文化人，衣衫褴褛，却激昂而叛逆。他们不知疲倦地打探他人的动静，也无原则地宽容。他们打起来至少是用拳头、酒瓶或家具，而不会是靠律师。他们中的绝大多数都很幸运，死在了时代大变局的前头。

大变局始于四十年代末，当二战老兵带着新娘从东部蜂拥而至时，他们都想在南边找一个阳光充足的地方安家。而这块地方代表着当年他们出征太平洋时回头最后一瞥留下的乡愁。哪有比这里更适合生儿育女的地方呢？挨着山边，离沙滩步行不过五分钟，也没有交通主干道威胁到将来的孩子们。于是，这些曾经飘着私酿杜松子酒的臭味、回荡着哈特·克兰诗歌的小别墅，一幢接一幢都被喝可乐看电视的大军占领了。

毫无疑问，老兵们本可以很快适应这个先前波希米亚式的文艺乌托邦，其中一些甚至可以在宿醉的间隙开始绘画和写作。但夫人们从一开头就明确无误地警告过他们，生儿育女和波希米亚精神是无法兼容的。想要生儿育女，你得有工作，有贷款，有信用记录，有保险。在整个家庭的未来得到保障之前，你敢死下试试。

然后孩子就出现了，一个接一个。老旧的小学校变成了明亮通风的新大楼。海边简陋的集市扩建为一个大商场。香樟巷里还竖起了两块指示牌。一块警示说因为溪水污染，不要吃溪床上长的水芥菜。（早期的殖民者吃了好些年，乔治和吉姆也试过，吃起来味道不错，而且没引起什么不适。）另一块牌子——黄底上是邪恶的黑色剪影——写着：**注意嬉戏的儿童**。

当然，乔治和吉姆第一次来这边找房子时也看到了这块大牌子。因为对房子一见钟情，他们选择了视而不见。他们最喜欢的一点是，跨过溪水的小桥是唯一的进出通道；周围的树和后面林木茂密的陡峭崖壁让房子像在一片与世隔绝的林间空地上。乔治说："刚好像是在我们自己的小岛上。"他们从齐脚踝深的悬铃木落叶（后来成了常年的麻烦）里跋涉进去，决定从那时起，爱这里所有的东西。从门口望进阴湿狭小的客厅，他们一致认为晚上生起炉火会很舒服。一大丛常青藤爬满了车库，半死不活的，让车库在视觉上膨胀了一倍。藤蔓下面，才是那间矮小的、为福特T型车修造的车库。吉姆觉得也就只能在里面养点宠物。他们的车肯定停不进来；还好，能停在小桥上。他们发现桥也有点儿往下塌的迹象。"噢，没关系，估计在我们有生之年塌不了。"吉姆说。

毫无疑问，在那个下午，邻居家的孩子们和乔治、吉姆对这所房子的印象是一样的。藤蔓丛生、神秘诡异的房子，正适合给旧故事书里那个卑劣的老妖怪做巢穴。而自从乔治开始独居以来，他发觉自己的暴力倾向在萌发生长，越来越像书里的怪物了。这是他天性里最不希望被吉姆看到的部分。当斯特伦克太太家的本尼和盖芬太太家的乔壮着胆子在小桥上冲过来冲过去时，他会隔着窗子，像疯子一样挥着胳臂大声叫骂。如果吉姆看到这一幕，他会说什么呢？（吉姆总是和这些孩子处得很好。他会让孩子们喂臭鼬和浣熊，让他们逗八哥说话。那时候孩子们也不会不经允许就到桥这头来。）

住对街的斯特伦克太太每次总是很尽责地喝止她的孩子们，让孩子们不要打扰乔治；告诉孩子们，他是个教授，必须很勤劳地工作。斯特伦克太太原本是电台歌手，为了斯特伦克家里的几个孩子——五男两女——而放弃了一切。她被日复一日繁琐的家务消磨得疲惫而温顺，放弃电台歌手之路也带给她丝丝忧郁。但即便是好脾气如她，也忍不住带着母亲溺爱的微笑来告知乔治，她最小的宝贝本尼自从被乔治赶出院子、从小桥一直赶到街尾后，直到现在提起乔治都直接用“那个男人”代称。她的话里藏着一丝不易觉察的认同。而这件事原本起因于本尼拿锤子砸乔治家的大门。

乔治羞愧于这些叫骂，因为他并不是在装模作样。他是真的情绪失控，觉得丢脸，然后感到反胃。同时，他也察觉到孩子们是在故意招惹他，就是想看他这样的反应。如果他突然拒绝继续扮演怪物角色，孩子们也就没法激怒他，只能去找别的乐子。他们从来没想过，这到底是装腔作势的游戏，还是“怪物”真的讨厌他们。孩子们并不在乎他，只把他当神话里的一个角色。只有乔治自己在乎。差不多一个月前，他在街上买了一些糖分给孩子们，这一瞬间的软弱让他自己想起来都羞愧。孩子们收下糖时好奇而紧张地打量他，连谢谢都没说，也许正是在那一刻从他身上学到了蔑视他人的第一课。

与此同时，罗斯金已经完全失控。“品位是唯一的道德！”他咆哮着，指着乔治的鼻子。他越来越乏味了。没等他说完，乔治就合上书，用这种方式打断了他，仍坐在马桶上，往窗外望去。

早晨是宁静的。孩子们大都去了学校，离圣诞假期也还有几周。（想到圣诞，乔治感到一阵绝望的寒意。也许他要做点刺激的事，坐飞机去墨西哥城，喝他一个星期，换着酒吧撒野。“你不会的，永远做不到。”一个声音对他说，冷漠而厌倦。）

啊，本尼来了，手里拿着锤子。他在路边还没被收走的垃圾桶里搜寻，找出一个坏了的体重秤，洗手间里用的那种。乔治看到本尼开始狂吼着用锤子砸那个体重秤，假装自己是秤，正痛苦地尖叫。而以生了这个小家伙为荣的斯特伦克太太，曾经恶心得哆嗦着问吉姆，他怎么受得了去碰那些压根儿无害的王蛇宝宝！

本尼完成了对体重秤的谋杀，正站在那儿低头看着散落一地的零件，斯特伦克太太从屋里来到走廊上。“把它扔回去！”她对本尼说，“扔回垃圾桶！现在就扔回去！快！扔回去！扔回垃圾桶！”她的声音扬起，落下，有意地保持抑扬顿挫的节奏。她从来不吼她的孩子。她读遍了心理学书籍。她知道本尼正如期经历着比较有攻击性的阶段，这种行为再正常、健康不过了。她非常清楚整条街都能听见。这是她的权利，因为现在是亲子时间。当本尼终于把一些坏部件扔回垃圾桶，她吟唱般夸了句“好孩子！”，微笑着回了屋。

斯特伦克家和盖芬家中间有个空停车坪，三个年纪比本尼还小的孩子在那儿挖洞，两个男孩和一个女孩。本尼逛过去捣乱。（他们两家的房子无遮无拦，面朝马路，乔治的“巢穴”则是侧对着马路，更隐秘，和他们的形成鲜明对比。）

在空停车坪巨大的老桉树下，本尼接手了挖掘行动。他脱下风衣，甩给小女孩拿着，然后在手上啐了一口，拿起铲子。他在模仿电视里那些掘宝人。小孩的日子无非由这样那样的模仿拼凑而成，刚会说话就开始学唱广告歌了。

就像斯特伦克先生的童子军领队活动让本尼厌烦一样，本尼挖个没完也让其中一个小男孩有点烦，男孩自己走开了，去点一个玩具加农炮。为这个加农炮，乔治才刚去恳求过斯特伦克太太，请她转告那个小男孩的妈妈，加农炮声让他抓狂。但斯特伦克太太并不打算干涉这自然的无政府状态。她微笑着，顾左右而言他地跟乔治说：“只要是孩子们欢快的噪音，我都听不到。”

斯特伦克太太统领下的亲子时间会持续到下午三四点，大孩子们从学校回来的时候。男孩和女孩混着组队回来，但一走到空地这儿，男孩会马上脱队，用打球来展示他们的男子气概。他们冲着彼此恶狠狠地大喊大叫，目空一切地踢着、跳着、抢着。如果球落到谁家院子里，他们会直接从花上踩过去，从花园假山上翻过去，冲上人家的露台，完全没想过要道歉。如果此时有车想通过这条小街，就必须靠边停下来，等他们放行。他们完全清楚自己有横行的权利。这时，妈妈们必须把小不点都关在屋里，以免受伤。姑娘们都坐在门廊上咯咯直笑，但目光总离不开男孩子们。只要能吸引男孩注意，再古怪的事她们都会做。比如科迪家的姑娘们，不停地给她们家的老黑色贵宾犬扇风，把它伺候得像尼罗河上的埃及艳后。即便如此，连她们自己的男朋友此刻也会无视她们：这并不是属于女生的时间。医生家俊俏阴柔的儿子是唯一还在跟她们彬彬有礼细声说话的男孩，他正试着给贵宾的卷毛系上蝴蝶结。

再接下来，男人们下班回家。这是男人的时间，孩子们也不再打球。花了一整天去向一个愚蠢轻浮的寡妇推销一栋房子，斯特伦克先生的神经已经不能再承受任何压力；在自己的泳池承建公司里紧张工作一整日，盖芬先生的脾气也有点阴晴不定。这些爸爸再也忍受不了任何噪音。（斯特伦克先生周日也会跟儿子们一起踢球，但这只是他的又一个体育教育项目，文雅而严肃，一点都不好玩。）

每个周末都有聚会。即便家庭作业还没做完，十几岁的孩子们也会被怂恿着出去玩，随便找谁去跳舞，因为成年人急需避开孩子们的耳目，好好放松一下。此时斯特伦克太太正和盖芬太太一起在厨房做沙拉，斯特伦克先生在露台上烤肉，盖芬先生推着装满酒瓶和调酒器的小推车穿过空停车坪，用海军陆战队的腔调兴高采烈地宣布："马通尼[①]登场了！"

鸡尾酒也喝够了，笑也笑够了，令人侧目的黄段子也说过了，半遮半掩地捏了别人老婆的屁股，牛排和派也吃够了，两三个小时后，当姑娘们——斯特伦克太太们即便活到九十岁也会用这个词互相称呼——都在厨房收拾的时候，你会听到斯特伦克先生和其他男人们在露台上举着酒，大着舌头有说有笑。此刻，工作上的问题都被抛到九霄云外，他们又骄傲又开心。即便他们中最没出息的，也是美利坚乌托邦的合伙人之一，这可是世界上最宜居的王国。是的，斯特伦克先生和盖芬先生的的确确为他们的国度而骄傲。但为什么他们的声音变得越来越高、越来越粗，就像男孩探索未知的阴暗

① martooni，在马提尼（martini）鸡尾酒中再兑入大量的金酒或伏特加。

山洞时互相呼唤一样？他们知道自己在害怕吗？不知道。但他们其实害怕极了。

他们在怕什么？

他们怕那个潜藏在周围黑暗里的东西，怕它突然暴露在聚光灯下，变得无法忽视，无法搪塞。这个恶魔不符合他们的统计数据，这个蛇发女妖拒绝他们的整形手术，这个吸血鬼肆无忌惮、毫无教养地吸血，这个散发着恶臭的野兽拒绝他们的芳香剂，尽管他们希望它噤声，这个不能提及的东西仍然坚持说出自己的名字。

在所有的怪物里，乔治认为，他们最害怕的是小小的我。

乔治估计，如果让斯特伦克先生找一个词来定义乔治，他无疑会低吼出“酷儿”这个词。但想想毕竟已经是公元一九六二年，连斯特伦克这样的人也只能补充一句：只要这个家伙离我远远的，他干什么都不关我的事。从这样的表态来看，连心理学家也搞不清楚这世界上的斯特伦克先生们到底是怎么看待酷儿的。事实上，从斯特伦克先生大学时代身穿足球运动服的照片来看，他那时候也是很多人眼里的可人儿呢。

但乔治确信，斯特伦克太太对丈夫的观点不敢苟同，她熟知的是一种新的包容方式，心平气和地消除问题的技巧。铃铛和蜡烛早过时了，她靠的是心理学的书。她悠扬地吟诵这本书，以祛除乔治身上那些不可言说的部分。她吟诵着，没理由觉得厌恶，也不用去谴责。没有任何邪恶是有意为之的，一切都源于遗传、早期的经历（鄙视那些有占有欲的母亲和男女隔离的英国学校！）、被严重压抑的青春期，或是内分泌出了问题。我们周围就有这么一个不合时宜的人，他永远得不到生命里最美好的部分。我们应该同情他，而不是责怪。有的情况，如果发现得早，没准还能治疗。至于治不了的那些，唉，只能说太悲哀了；尤其当这种事发生在那些重要的人身上，我们都知道，这些人本可以为人类做出很多贡献。（即便这样的人天资聪颖，他们的才华也无一例外是被扭曲的。）所以我们应该更体谅，对吧，不管怎么说，曾经还有那么多希腊人。（不过还是有点差异，希腊人不过是异教徒，可不是精神病。）更进一步说，在某些时候，这种关系也几乎是美好的，特别是在其中一个已经死掉的情况下；如果两个都死掉就更理想了。

要是能为吉姆的死而伤感会让斯特伦克太太多么享受啊。但她并不知情，他们都不知情。事故发生在俄亥俄，洛杉矶的报纸并没有报道。乔治只是简要地告诉周围的人，说吉姆的父母多年未见儿子，劝他回家去跟他们一起住，而他最近这次回家探望父母之后，就留在了东部，不知道还要待多久。这绝对是事实。至于那些像魔鬼一样提醒着他的小动物，乔治立即把它们赶去了自己看不见的地方，想着它们还生活在这附近都让他受不了。所以当盖芬太太来问他要不要卖掉八哥的时候，他说要把这些鸟都给吉姆送过去。实际上是一个圣地亚哥商人带走了。

所以后来，当斯特伦克太太以及其他人问起，乔治就说他刚和吉姆联系过，吉姆在那边很好。渐渐地，问的人越来越少。他们其实没那么关心。

但是斯特伦克太太，你的书说得不对。乔治想说，按书上的说法，吉姆是我找来的一个替代物，来代替一个真实的儿子，真实的兄弟，真实的丈夫，真实的妻子。但吉姆不是任何人的替代物。任何人也代替不了吉姆。

乔治坐在马桶上，从他的巢穴往外望，看斯特伦克太太往垃圾桶里倒吸尘器袋子里的灰土。亲爱的斯特伦克太太，你的驱魔仪式失败了，乔治在心里对她说，那些不可言说的东西还在，就在你们中间。

该死，电话响了。

即便电话公司给你装了最长的线，电话还是不能引到洗手间里来。乔治只好起身，像套着麻袋赛跑一样，蹒跚着冲进书房。

“你好。”

“你好，是你吗，乔？”

“你好，夏莉。”

“呃，这个电话不会太早吧？”

“不会。”（天哪，她现在已经激怒他了。他连擦都没擦，就这么站在这里，内裤挂在脚踝上，难受得不行。但这该怎么怪她？你不得不承认，夏洛特有一种挑选最坏时机打电话来的洞察力和天赋。）

“你确定？”

“当然确定。我连早饭都吃完了。”

“我担心再等会儿，你就出发去学校了……我的天哪，我都没注意已经这么晚了，你难道还没出发？”

“今天我只有一堂课，十一点半才开始。我只有周一和周三才有早上的课。”（这些解释都带着一丝刻意强调的耐心。）

“对对对，没错！我真笨！老记不住！”

（电话那边沉默了片刻。乔治知道她又有求于自己，但他不会主动说出来。她的浮躁莽撞惹恼了他。她凭什么认为自己应该清楚他在学校的所有日程？又是占有欲。如果她真认为自己该知道，为什么又老记混呢？）

“乔——”（低声下气地说。）“你今晚能不能空出来？”

“可能不行。不行。”（哪怕一秒钟之前，他都没法预计自己会怎么回答。是夏莉声音中的绝望让他下定决心，他今天没心情去听她哭。）

“噢——我知道了。我担心你可能没空。我知道的，临时邀请你。”（她的声音带着一点愕然，很轻柔，不抱什么希望。他站在那儿，以为能听到一声啜泣，但没有。黏腻和脚腕的束缚感越发明显，他的脸因内疚与这不适而皱成一团。）

“我猜到你不会有空——我是说——是很重要的事吧？”

“恐怕是的。”（愧疚感消失了。他开始有点烦她，不想听她唠叨。）

“我知道了……好的，没关系。”（她又振作起来。）“我再约你吧，好吗？就这几天？”

“当然可以。”（唉，既然她安分了，干吗不对她好一点呢？）“我打电话约你也行。”

（一阵沉默。）

“好的，再见，乔。”

“再见，夏莉。”

二十分钟后，正在门廊上给木槿花丛浇水的斯特伦克太太看着乔治把车从桥上倒了出来。（最近桥塌陷得越来越厉害，她指望着他会去修一下，不然孩子们可能会受伤。）当他转弯开到街上时，她对他挥挥手，乔治也挥手回应。

可怜的男人，一个人住在这儿，她心想。他看起来很和善嘛。

如今的洛杉矶高速路网让你五十分钟之内就能从海边开到圣托马斯州立大学。这真是一个奇迹，一个福祉。要知道，在慢吞吞的过去，你得耗上近两个小时从一个红灯挪到下一个红灯，龟速穿过市区到郊区去。

乔治甚至为这段高速感到某种爱国热情。他为这速度而骄傲，为它让人迷失，有时甚至让人慌不择路而骄傲。乔治爱高速，因为他能应对自如。能应对高速证明他还是个有用的社会成员。他还能接着混。

（像那些真有犯罪情结的人一样，乔治对法律法规、城市规章、条例甚至一些琐碎的规定过度敏感。想想有多少全民公敌因为忘了付停车费而落网！每次看着边境人员在他的护照上盖章，或是邮局柜台拿他的驾照来证明他的身份，他都忍不住窃喜自语：白痴，又被我骗了！）

今天上午，他会在这疯狂的、连宾虚[①]也会临阵脱逃的都市赛车道上再愚弄他们一次，像最好的车手那样频繁变换车道，在左侧快

① Ben Hur，电影《宾虚》主人公，以熟练驾驶战车著称。

车道决不把速度降到八十迈以下，遇到紧跟自己的神经质年轻人，或是突然插到他前面的女人（都是因为进门时老让她们先走），也决不骂骂咧咧。摩托车上的警察什么也不会察觉，否则他们就会闪着红色的警铃让他驶出行车道靠边停，然后温和而坚定地护送他去某个光鲜有序的养老社区。在这种社区，年长（在我们国家，“老”已经成为一个骂人的词，几乎和“犹太佬”“黑鬼”一样）的居民安享晚年，人们教他们玩一种游戏，和儿时游戏别无二致，只不过换了个称谓，现在叫“康乐休闲”①。噢，别管那么多了，就让老家伙们去乱搞吧，只要他们还有那个功能；如果不能，就让他们无拘无束地沉溺在过家家般的情色游戏里。让他们去结婚，不管是八十、九十还是一百岁，管他呢。做什么无所谓，只要能让他们有事可忙，不至于出来到处晃，堵塞交通。

开上通向高速公路的匝道，马上要跟其他车“合流”时，乔治总会有些轻微的不适，那种头皮发麻的感觉，反复看后视镜也缓解不了，总莫名觉得一个没注意就会被追尾。下一刻，他汇入车流之后，这种感觉便消失了。他开上长长的缓坡，驶向路的顶点，朝圣费尔

① passive recreation，也叫“静态休闲”，指爬山、自然观察、划船等对基建、设备要求较低，对自然环境影响较小的户外活动。

南多谷开去。

他正开着车，似乎进入自我催眠状态。他的面部放松，两肩下沉，身体松弛地陷进靠背里。接下来全靠条件反射：左脚探下去，平稳地踩着离合，右脚谨慎地给油。左手轻搭在方向盘上，右手移到变速杆处，精准地挂上高挡。双眼不紧不慢地看看路，看看后视镜，冷静地估计着前后的距离，和旁边车的距离……毕竟，这不是什么疯狂赛车——可能只有在旁观者和紧张的新手眼里才是。车流像一条大河，泛滥的洪水带着抚慰的力量朝河口奔涌。你只要让自己跟着走，就没什么好怕的；实际上，你会发现，在这水流里能感到一种慵懒和轻松。

突然，乔治身上发生了点什么新状况，他的脸紧绷，腮帮子的肌肉微微鼓了起来，嘴紧张地抽动，嘴唇抿成一条冷峻的线，眉间一紧。但与此同时，身体的其他部分还完美地保持着松弛状态。逐渐地，身体好像分离成单独的个体，成了一个冷漠的、几乎没有意志和个体意识的无名司机，成为肌肉协调运动的完美体现。他不会紧张，熟练而沉默，开着车送主人去上班。

乔治像个主人一样，放心地把车交给仆人驾驶，从而有空把注意力转移到其他方面。当主仆二人开过山路顶端，周围车流依旧环绕，前方是一段下坡路，山谷里的房舍和花园一览无余。这些全都笼罩在一层褐色的薄雾之下；雾霭之上，耸立着荒芜的山峦。周遭的一切越来越难引起关注，他深深地潜入了自己的内心世界。

他想干什么？

沙滩边上，矗立起一栋庞大而粗野的高楼。楼里有一百间公寓，主梁已经建好，工程还在继续。建成后，从山崖上的公园就看不到海景了。针对反对声浪，项目发言人回应说，这是社会进步之必然。言下之意是，如果有人愿意为了这海景每月花四百五十美元租他们的公寓，那些公园游客（包括乔治）哪有免费欣赏的道理？

本地报纸的一个编辑发起了反性变态（指的就是乔治这样的人）的活动。他宣称这样的人到处都是，以至于在酒吧、男士洗手间、公共图书馆，处处都能看到那些不堪入目的场景。这些人无一例外，都有梅毒。他还说，现存的法律对这种人还是太宽大了。

最近某个参议员发表了一番演讲，宣称我们应该倾尽所有去进攻古巴，以免门罗主义被藐视，变得无足轻重。这名参议员并不否认这可能导致一场导弹大战。必须面对现实，不敢打仗就意味着忍受耻辱。我们要时刻准备好牺牲掉四分之三的人口（乔治也包括在内）。

乔治想到一个有趣的计划。如果能赶在租户搬进来之前，半夜潜入那栋公寓楼，偷偷在所有房间的每一面墙都喷上一种特制气味剂，这种气味剂刚开始几乎无法察觉，但味道会越来越浓烈，直到散发出腐尸的气味。他们会用尽各种科学方法试图去除臭味，却徒劳无功。等他们绝望地剥去家里的墙灰，拆掉木建部分，才会发现房梁都开始腐烂了。他们会像高棉人抛弃吴哥一样撤离，但臭味只会越来越浓，连马里布海滩都能闻到。最后，整栋建筑只能由戴着防毒面具的工人拆掉，粉碎后远远地倒到海里去……或者更可行的办法是去找一种能吞噬金属的病毒。相较于气味剂，这个计划的好处是只需要在建筑的某个点注射一些病毒，病毒就会把整栋楼的钢筋吞噬殆尽。等到租户都搬进去，举办盛大的暖房派对时，整栋大楼就会塌陷下沉，变成一团乱糟糟、软塌塌的意大利面。

接着是那个报纸编辑，乔治想到，最好玩的办法是把这个编辑和那些写文章反对性变态的特约撰稿人，甚至警察局长，还有刑警队[①]队长，以及那些站在神坛上支持反性变态活动的牧师们，全部绑去一个隐秘的地下影棚。在那儿稍加劝诱——毫无疑问，只要给他们看一下烧红的拨火棍和钳子就足够了，在这样强大的说服力下，他们会成对成群地表演各种性行为，还得表现得极其享受。然后把这部电影和剧照以最快速度发去各个影院。乔治的助手会麻醉引座员，这样保证灯是关着的，锁上出口，再制服放映员，打出“近期热映”标题后就开始播放电影。

① Vice Squad，专管卖淫、赌博等相关案件的警察小队。

至于那个参议员，怎么整治他才有意思呢——

不对。

（此时，乔治眉头紧蹙，比平时更强烈地抽搐了一下，嘴唇抿得像刀锋一样冷峻。）

不对。不应该是“有意思”。有些人本身就很没意思。所以也永远不要用“有意思”的办法去对付他们。他们只能听懂一种语言：暴力。

我们需要的是系统化的恐怖行动。为了有效运转，我们的组织需要至少五百个训练有素、死心塌地的杀手和施虐狂。组织首脑必须拟出一系列简单明了的目标，比如铲除那栋大楼，镇压那份报纸，逼那个参议员退位。然后这些任务会一个一个被执行，不管花多长时间，也不顾虑任何附带伤亡。每个任务里的首恶会先收到一封彬彬有礼的信，落款是“乔治叔叔”，告诉他们若想活命，必须限时完成信上交办的任务。还要告诉他们的是，乔治叔叔秉承连坐制度。

一旦过了最后期限，杀戮就开始了。对首恶的处决会比原计划拖延几周甚至几个月，给他反省的时间。与此同时，每天都给他点提醒。他的老婆会被绑架、被吊死，然后经过防腐处理的尸体会坐在卧室的椅子上等他下班回家。他们家孩子的脑袋，或是录有亲戚被折磨致死时惨叫的磁带，被放在纸箱子里快递给他。他朋友的房子可能在夜里被炸飞。所有认识他的人都命悬一线。

组织向大家展示几次绝对威力之后，民众会逐步意识到，对乔治叔叔，只能毫不迟疑地服从。

乔治叔叔想要这些服从吗？他不是更希望有反抗吗，这样他才能一直杀杀杀——反正这些人都是社会的蛀虫，死得越多越好，不对吗？所有这些人，都要对吉姆的死负责，即便他们根本不知道吉姆的存在；他们的言语、他们的想法、他们的整个生活方式，都促成了吉姆的死。当乔治想到这个层面时，吉姆已经无关紧要了。吉姆对他来说只是憎恨那四分之三的美国人的一个由头……乔治颌骨动了动，牙齿紧紧咬在一起，反反复复咀嚼着自己的恨意。

乔治真的恨这么多人吗？抑或他们都不过是憎恨的借口？那乔治的恨本质上是什么？恨不过是一种兴奋剂；毫无疑问，对他毒害甚深。愤怒、憎恶、怨气——这些都是中老年生活的活力之源。如果说他此时此刻正因恨而抓狂，那么他周围车里面起码六七个人都是这个状态。车流更慢了，下了坡，穿过桥，再上坡，过了中央车站……天哪！市中心这就到了！乔治茫然了片刻，从内心世界走出来，惊觉那个无名司机刚刚破了纪录，它从来没有自主地开出这么远。这也让人生出一个新困扰：这个意念中的司机是不是正逐渐变成独立个体？它是否正准备着接管乔治生活的更多领域？

现在不是为此烦恼的时候。再过十分钟，他们就要到学校了。

十分钟以内，乔治必须成为乔治，那个大家命名、认识的乔治。他现在必须刻意让自己去考虑别人的想法，适应别人的情绪。他以一个老手的娴熟，飞快地给自己涂上一层精神油彩，成为他必须扮演的角色。

下了高速路开上圣托马斯大道，你马上回到了破败迟缓、昏昏欲睡的三十年代洛杉矶：尚未从大萧条里恢复元气，连给城市设施刷层新漆的钱也挤不出来。可这一切多么迷人啊！这一片全是陡峭的小山包，满满地危栖着一栋栋白色小屋，墙体和房顶水泥都裂着缝。电线和电话线像疯狂而绝望的翻绳游戏一样缠绕着，与其说丑陋，更显得古怪。墨西哥人住在这儿，所以有很多鲜花；黑人也住在这儿，所以很热闹。乔治并不愿意住在这里，邻居们的收音机和电视能吵上一整天。但乔治绝不会朝他们的孩子大吼大叫，因为他们不是敌人。如果他们能接受乔治，他们甚至有望成为盟友。他们从未出现在乔治叔叔血腥的幻想里。

圣托马斯州立大学就在高速路的另一侧。你过桥穿过高速路，就能走进这个拆了建、建了拆的工地。这边的小山包不是被整体推平，就是被推土机削去了脑袋，未修整的阶地将这一带切割得七零八落。一片接着一片的是低矮的宿舍公寓（统一被称为“家园”，据说是“新生活理念”），刚接通了污水管道和电线，就马上被投入使用。要说它们是整齐划一的简直就是诽谤，一些房顶是褐色，一些又是绿色，浴室的瓷砖颜色也五花八门。当然，这些片区还是有特色可言的，每一片都有自己的名字，那种地产经纪最容易想出来的名字：天境、宏景、格罗夫纳[①]高地。

整地、铲平、拖拽、锤砸，风暴的中心点就是这座大学校园：一座由砖石、玻璃和大窗户组建起来的干净的现代厂房，经过歇斯底里的赶工，已经建好了四分之三。（建筑噪音之大，在某些教室，学生根本听不见老师讲课。）等这个工厂全面投产，预计能吸纳两万名大学生。但不用十年，学校将需要容纳四万到五万人，届时这些建筑都会被推倒重建，再往上加高一倍。

极有可能的是，到那时，停车场会让校园与世隔绝。在不久的将来，当堵车成为常态，这个停车场就会被绝望的学生们停满车，变成一个密不透风的汽车森林。即便是现在，停车场已经占去校园一半面积，车停得满满的，你得开着车一圈一圈地绕，才能找到一个小小的车位。乔治今天很幸运，找到一个靠近他教室的车位。他把停车卡塞进读卡器（又提供了一个间接证据，证明他就是乔治）。停车杆带着机械的震颤升起来，他把车停了进去。

---

① Grosvenor，被称为英国最精明的房地产商之一。

最近乔治在练习记住学生们的车。(他近期不断进行这类自我训练,比如记忆练习,或是尝试新的食谱,有时是下决心读一些极难读的“百部名著”,几乎都没能坚持下来。)今天,他很高兴认出了三辆车——还不包括那个意大利交换生的摩托车。交换生不知是因为勇气抑或土包子特有的疯狂,常常开着摩托在高速路上冲上冲下,以为自己还在威尼托大街[①]。破破烂烂、已经不那么白的福特轿车是汤姆·库葛曼的,车尾还印着“白慢公主”[②]。煤灰色的庞蒂亚克是一个夏威夷华裔男孩的,后窗还贴了张搞笑标贴:我唯一信奉的主义是抽象表现主义。但放在他身上,这个笑话就不好笑了,因为他就是一个抽象派画家。(也许还有更精妙的含义?)不管怎么说,这样一个有着柴郡猫式笑容、奶油般平滑肌肤,像猫一样整洁的人竟能画出那样阴暗浑浊的油画,还会有这么一辆脏兮兮的车。他还有一个好听的名字,叫亚历山大·孟。打好了蜡、干净无瑕的猩红色名爵是巴迪·索伦森的,他个性狂野,有一双泪汪汪的眼睛,患白化病,是位篮球明星,戴着一枚“拒绝核弹”的胸章。乔治曾偶然看到巴迪在高速上狂飙而过,自顾自地笑着,仿佛毫不在意要带着这辆小坐浴盆般荒谬的车子私奔。

乔治已经到了。他丝毫不紧张。从车里出来时,他感到一股力

---

① Via Veneto,位于罗马市中心的一条著名街道。

② slow white,与 snow white(白雪公主)谐音。

量，那是对大戏开场的期待。他迈着轻快的步子经过音乐楼前的碎石子路，朝系办公室急切地走去。他现在全然是个演员；一个刚从化妆间出来的演员，正急着穿过满是道具、灯和工作人员的后台，准备亮相。他如同一个资深演员，冷静而坚定，先在办公室门口做了一个精确拿捏过的停顿，然后用一种明确清晰、应听众需要微妙调整过的英国口音，说出他的开场白："早上好！"

三位按各自风格打扮的秘书，每个都是迷人老到的女演员，马上认出他来，一秒都不犹豫地回答："早上好！"(这里包含着某种宗教意味，就跟在教堂的唱和一样；包含着基本的美国信条里被反复确认过的一个信念，那就是，永远都说"早上好"。即便有俄国人和他们的导弹，即便还有肉身的疾病和烦恼，早上总归是"好"的。当然，我们都知道，俄国人和那些烦恼都是想象出来的，不是吗？完全可以凭想象让它们消失。所以，早上可以调整成好的。非常棒，早上就是好。)

英文系每个老师都在这间办公室里拥有自己的"鸽子窝"，而每个"鸽子窝"都被文件塞满了。沟通的信念是多么狂热啊！哪怕最无足轻重的委员会里最鸡毛蒜皮的讨论都会被印成几百份通知到处散发。每件事都要通知到每个人。乔治扫了一眼这些通知，然后一整叠扔进了废纸篓，只留下一张由IBM打孔加密过的椭圆形卡片，这是某个可怜的混蛋学生的学生证。对，就是他的身份证明。

假设乔治不按要求签个字再送还学籍办公室，而是直接撕掉，那么对圣托马斯州立大学来说，这个学生马上凭空消失了。他会变成学校里的透明人，想恢复身份必须克服千难万险，完成煞费苦心的赎罪仪式，填数不清的一式三联的表格，提供经过公证的、给IBM众神的宣誓书。

乔治在卡片上签了字，用两根指头稳稳拈住。他甚至不愿意碰这些东西，这上面的神秘符号来源于魔法，那种愚蠢却又强大而邪恶的魔法——电脑之神的魔法。这些神的信徒只有一个信条：我们不会有丝毫差错。魔法的神奇之处在于，一旦犯错（这其实是屡见不鲜的事），就固化这个错误，于是错就不再是错了……乔治捏着卡片的最边缘，把它递给了一个秘书。她会负责送去学籍办公室。秘书桌上放了一个指甲锉，乔治拿起来，作势要在卡片上再打一个孔，说："我们试试那个老机器人能不能分辨出来。"姑娘脸上掠过一丝惊恐，然后笑了；一个挤出来的笑容。乔治暗中骂了句脏话。

带着良好的自我感觉，他离开教工办公室，朝学校餐厅走去。

他横穿过校园中心空地，周围环绕的是艺术楼、体育馆、科技楼和行政楼，新铺的草坪和欣欣向荣的小树。这些小树几年后应该能长得枝繁叶茂，提供怡人的树荫，但等到那时，校园又该翻新重建了。空气里弥漫着浓烈的雾气，直白地说就是"刺眼"。圣加布里埃尔山脉的群山为圣托马斯州立大学营造了一种高居安第斯高原的错觉，但能看清远山的日子并不多。今天一如平常，山下混乱的城市里升腾起恶心的黄色雾霾，遮蔽了山峦。

男男女女的学生们现在环绕着乔治，有的冲他走过来，有的在他前面穿梭来去，他们就像原材料，每天顺着高速公路传送带被运进这间大工厂。他们会被加工、打包，再送去市场。黑人、墨西哥人、犹太人、日本人、中国人、拉丁人、斯拉夫人、北欧人都有，黑头发的数量远远超过黄头发的。有的正急急忙忙赶去上课，有的在打情骂俏中闲逛，有的边走边激烈争论着什么，有的在自言自语背诵课上的内容，无一不被课业搅扰着。

他们自以为在这里干什么呢？好吧，这儿有个官方说法：为有工作有保险的未来做准备；在这样的未来之中，他们养育也会有工作有保险的下一代，如此循环。所有的职业规划师、所有的小册子都指出，如果自我投资在一些实在的职业技能培训上就能赚到大把的钱，比如临床药理，或者财会，以及海阔天空、机会众多的电子领域。然而，他们中还是有为数不少的一小部分人，在坚持写作诗歌、小说和话剧！虽因缺觉而昏昏沉沉，仍在上课或兼职的间隙争分夺秒地在纸上写写划划，甚至婚后也这样。就在擦洗操作间的时候，在邮局分拣邮件的时候，给婴儿冲奶粉的时候，煎汉堡肉饼的时候，他们的脑子已经被一些词句搅得糊里糊涂。就在他们被“必须如此”所奴役的间隙，那些疯狂的“或许可能”总在耳边怂恿着他们去生活，去理解，去感知。感知什么呢？那些伟大的奇迹！“地狱一季”①，“长夜之行”②，“智慧七柱”③，“极乐之光”④。他们中有谁能达到这样的境界吗？当然，也就一个吧。最多两三个，在这寻寻觅觅的几千人之中。

置身他们中间，乔治感到一阵眩晕。天哪，他们将何去何从？他们有什么机会？我该不该现在就大声喊出来，现在，就在这里，告诉他们未来是没有希望的？

乔治知道不能这样做。因为荒谬的是，尽管并不合格，他几乎不由自主地成了这个希望的象征。而且这希望并不虚幻。虽说如此，但乔治就像试图在马路上兜售标价只有五分钱的真钻石。只有极少数人能得到它，大多数匆忙赶路的人根本不会为它停下脚步，不敢去相信这样的钻石竟有可能是真的。

学校食堂外面贴着近期学生活动的海报：印第安女性之夜，金羊毛野餐，鸡尾酒舞会，市民社会会议，激光实战射击对决赛。这些

① the Season in Hell，指涉法国诗人兰波（Arthur Rimbaud, 1854—1891）1873年出版的散文诗《地狱一季》（*A Season in Hell*）。

② the Journey to the End of the Night，指涉法国作家塞利纳（Céline, 1894—1961）1932年出版的半自传体小说《长夜行》（*Journey to the End of the Night*）。

③ the Seven Pillars of Wisdom，指涉英国作家劳伦斯（T. E. Lawrence, 1888—1935）1926年出版的自传《智慧七柱》（*Seven Pillars of Wisdom*）。

④ 二十世纪初西方知识分子中开始流行东方宗教和神秘学，讨论生死、濒死状态、死后世界。“极乐之光”（the Clear Light of the Void）指死后灵魂所见的光，能引导死者得到解脱。在好友赫胥黎的引介下，克里斯托弗·伊舍伍德也受这些观念影响，研修《吠陀经》。

圣托马斯部落广而告之的仪式项目没什么说服力，只有少数热心学生在推广。剩下的那些男孩女孩们虽然也愿意在这样那样的场合应付配合一下，但并没真把自己看作某个部落的一员。他们真正的共同点是那种紧迫感：得跟上节奏，得把三天前就该交的作业做完。每当乔治偷听他们聊天，内容总无非是什么搞砸了，或是担心教授布置一些完成不了的任务，或是冒险偷懒却躲过了惩罚。

餐厅挤满了人。乔治站在门口张望。他现在是属于学校的公共设施，迫不及待想被使用，想到自己正被浪费，他连一秒都不能忍。他走在桌子中间，带着试探性的笑容；那是一种四十瓦的微笑，但只要有需要，能立即换成一百五十瓦。

他看见拉斯·德雷尔了，松了一口气。德雷尔站起来招呼他，显然已守候多时。德雷尔一步步让自己成为乔治的助手、执行官和保镖。他是一个脸庞消瘦、棱角分明的年轻人，留着平头，戴一副无框眼镜。一件带点运动风的夏威夷衫，像是对周围那些运动衫的一种拘谨、害羞的妥协。敞开的领子呈V形，露出里面的贴身内衣，一如既往地如外科手术服般干净。德雷尔是一流的学者，类似的人物放在欧洲或许稍嫌无趣、冷淡。但德雷尔既不无趣也不冷淡，他有种不易察觉的幽默感，还有作为前海军陆战队员的坚韧不拔。他曾向乔治描述过他和他太太马里内特，以及他最好的朋友汤姆·库格尔曼夫妇，四个人一起度过的典型的一夜。“我和汤姆开始就《芬尼根守灵夜》争了起来，整个晚餐都没停。女士们觉得已经受够了听这些东西，就出门去看电影了。我们把盘子都洗好，差不多十点，但还在争，谁也说服不了谁。于是我们从冰柜里拿了点啤酒到院子里去。汤姆正在建一个凉棚，顶还没装。他拉着我比引体向上，我们攀着门上方的横梁开始较量。我狂扫了他，十三比十一。”

这个故事令乔治很神往。不知为什么，感觉这像古希腊。

“早上好，拉斯。”

“早上好，先生。”他称呼乔治“先生”并非因为年龄差距。一旦他们结束这种准军事关系，他会毫不犹豫地开始叫“乔治”，甚至“乔”。

他们一起去咖啡机那儿，倒上满满一马克杯咖啡，在食品台选好甜甜圈。朝收银台走去时，德雷尔备好零钱赶在乔治前头：“让我来吧，先生。”

“总是你买单。”

德雷尔笑笑说：“自从我让马里内特去上班，我们还挺宽裕的。”

“她拿到那份教职了？”

“顺利拿到了。当然只是临时的。唯一的小麻烦是得提前一小时起床。”

“所以你得自己做早餐了？”

“哦，我没问题。能坚持到她找到一个近一点儿的工作，或者坚持到我让她怀上孩子。”他显然很享受跟乔治进行这种男人之间的交流。(他，乃至他们中任何一个，真的了解我吗？乔治很怀疑。也许吧。其实他们并不感兴趣。他们无意了解我的情感，我的内分泌，我脖子以下的任何部分。我不过是一个服务于他们的脑袋，装在盘子里端进教室，给他们讲课。)

"这倒提醒我了，"德雷尔说道，"马里内特让我问您，先生，您近期还有时间来我家做客吗？我们可以做点意大利面。没准汤姆可以把之前我跟您提过的那盒录像带也带来。就是他从伯克利大学拿到的视频录像，凯瑟琳·安·波特[①]朗诵自己的作品——"

"那很好啊，"乔治含糊而热情地说，抬头扫了一眼时钟，"我说，我们该走了吧。"

德雷尔丝毫没有因为乔治的含混而沮丧。没准他也没真想请乔治去家里吃饭，正如乔治没真想去一样。这一切不过是象征性的。马里内特让他来邀请，他照做了，然后乔治接受了第二次去他们家做客的邀请，一切都记录在案。这表明乔治属于很亲近的朋友，若干年后还能作为旧时老友被提起。是啊，德雷尔夫妇会尽忠职守地确保乔治在往昔这些无趣大师之中的地位。乔治能想象出九十年代某个夜晚的画面，那时德雷尔已经是中西部某所大学英文系系主任，马里内特的儿女们都已成年。一帮年轻教师带着太太们

① Katherine Ann Porter (1890—1980)，美国作家，代表作《愚人船》(*Ship of Fools*, 1962)。

围着德雷尔博士和他太太，象征性地哄他们开心。德雷尔会开始怀旧的神游，带着含糊的微笑叽里咕噜讲着过去那些琐碎无聊的“传奇”。“传奇”里有乔治，有许许多多其他人，还有被他们篡改的发言。德雷尔的观众会象征性地对一切表示惊喜。马里内特则保持着永恒的微笑坐在一旁，用早已听过这一切的那第三只耳朵听着，同时祈祷十一点快些到来。而十一点一定会到。所有人都会同意，这真是一个值得纪念的夜晚。

在去教室的路上，德雷尔问乔治，怎么看待利维斯博士①对查理·斯诺②的评论。(在这沉睡谷③王国，这些遥远烦人的老东西和他们陈年的较量到现在还是热门新闻。)“这个嘛，首先……”乔治开了个头。

他们此刻正经过几个网球场。两个年轻人占用了其中一个，正在单打。阳光穿过雾霾，突然热辣起来，这两人几乎都脱光了。除了橡胶运动鞋，他们只穿了自行车手穿的那种短裤，非常短，而且贴身，勾勒出臀部和下体的轮廓。他们全神贯注于紧张的比赛，完全没意识到路过的人。你会觉得中间的网已经不存在

---

① F. R. Leavis (1895—1978)，英国文学批评家。

② C. P. Snow (1905—1980)，英国科学家、作家，1959年发表演讲“两种文化”，引起广泛讨论。

③ Sleepy Hollow，美国小说家华盛顿·欧文 (Washington Irving，1783—1859) 的短篇小说《睡谷传奇》(*The Legend of Sleepy Hollow*) 中与世隔绝的峡谷。

了，赤裸的身体让他们看上去越来越接近，像拳击手一样，直接变成身体与身体的对峙。不过，如果此刻真有一场搏击，那会是实力悬殊的。左边的男孩个子小很多，也许是墨西哥人，黑头发，很俊俏，像猫，精悍，身体结实健壮，却又柔软而灵敏，步伐迅捷而优雅。身体是天然的深金棕色，胸口、小腹和大腿上有一些黑色的小卷毛。他打得又快又狠，有一种冷酷的控制力，回球时雪白的牙紧咬，一点笑容都没有。他快要赢了。他的对手，大个子金发男孩也意识到了这点，防守里带着令人感动的壮烈。他有一种性情温顺的美，气质高贵，但此刻他那古典的、乳白色大理石般的身体却成了一个障碍。球赛的规则限制了他的发挥。他正处于劣势，无望地战斗着。他应该扔掉无用的球拍，跳过网去，让那个残忍的金色小猫屈服于他大理石般的强力。没有，恰恰相反，金发男孩遵守了游戏规则，受其约束，宁愿接受失败和耻辱也不愿破坏它。于事无补的大个头和金发赋予他一丝古代骑士的气息。他会光明正大地奋战，像完美的运动员，顽抗到最后一场。难道这样的情况不会一直出现在他生命中吗？他如何能保证自己永远不卷入这种错误的游戏，在这种他没有天赋的游戏里对抗迅猛、聪明、无情的对手？

比赛残忍无情；但残忍中充满肉欲，撩拨得乔治亢奋不已。他惊喜地发现，最近一直消沉疲沓的各种感官都充满激情地期待得到回应。他由衷感激这一对年轻小兽所呈现出来的美。他们永远不会知道自己曾在这一刻让乔治心驰神往，让生活变得不那么可恨——

德雷尔在说着："先生，抱歉，我没跟上您的思路。当然，我能明白关于两种文化的部分——但，您是说您赞同利维斯博士的看法？"德雷尔对网球手们没有丁点儿兴趣，半侧着身背对球场。他所有的注意力都集中在乔治这颗会说话的头上。

显然乔治的头一直在说话。乔治有种挫败感。之前在高速上，无名司机开着车带他穿过市区时，他也有这种感觉。是的，他回想一下就知道这颗会说话的头有多大能耐，它能在深夜，当乔治喝多了觉得又累又无聊时，帮他熬过一场沉闷的派对。只要没人反驳，它能重放乔治那些最受欢迎的理论；而一旦有人反驳，它就会茫然无措。它还熟知乔治的那些最佳轶事，至少几十桩。但现在，光天化日之下，在校园里，在乔治随时要登上讲台的时候，它竟然能全面接管他的行动！有没有可能，会说话的头和无名司机已经串通好了？也许它们正谋划着合并？

"我们真的来不及把这个问题讨论清楚了，"他轻声跟德雷尔说，"不管怎样，我会再去查一下利维斯的讲稿。我估计家里还有他的那期《旁观者》……噢，对了，你读过梅勒那篇文章吗，差不多一个月前的，发表在《时尚先生》上，对吧？我很久没读到这么好的文章了……"

乔治上课的那间教室，长长的侧墙上有两扇门：一扇在前面，另一扇在教室后面。绝大多数学生会从后面的门进来，那绵羊般的顽固真让人生气；他们喜欢挤在一块儿，把前排的空椅子当路障，来对抗他们的老师。这个学期，班上学生数量只比教室容量少了一点点，晚到的学生只能一排一排往前坐。乔治暗自得意：到底还是有人坐到了第二排。至于绝大多数人都避之不及的第一排，乔治可以用来安排他的常规学员：拉斯·德雷尔，汤姆·库格尔曼，玛利亚修女，斯托塞尔先生，内塔·托里丝女士，肯尼·波特，路易丝·山口。

乔治从没和德雷尔或任何其他学生一起走进教室。一种根深蒂固的戏剧化天性禁止他这样做。他的办公室这时就起了作用：课前能退守在里头，上课时间到了，再来一次闪亮登场。他从不在办公室跟学生面谈，办公室是至少两个教员同事共用的，教玄学派诗歌的戈特利布博士几乎永远都在。乔治没法在明明有第三者在场还要装成两人独处的情况下跟人谈话。当戈特利布博士就坐在另一张桌旁听着，或者更可怕，假装没在听的时候，即便是“说实话，你对爱默生的看法如何？”这样无害的问题，听起来也有一种不得体的亲密；而像“你写的只是一些混杂的隐喻，根本没有任何内容”这样温和的批评，听起来也带着一种不必要的残忍。戈特利布博士显然没这么觉得。也许英国人才会有这种顾虑。

眼下，乔治甩掉德雷尔，进了办公室。办公室就在走廊对面。

戈特利布竟然不在。乔治从百叶窗的横条间隙偷偷往外望，远远看到那两个男孩还在打网球。他咳了两声，看也不看地用手指拨弄着通讯录，再把一个半开着的空抽屉关上。随后他突然转身，从柜子里拿出手提包，离开办公室，穿过走廊进了教室前门。

按通常的标准看，他的入场似乎并没有什么戏剧效果。实际上这里面包含了一个精心策划的、极具戏剧效果的努力。乔治进来时，教室里的喧哗并没有停止。绝大多数学生还在闲聊。他们都看着他，等他给出一个哪怕非常轻微的信号，告诉他们开始上课。乔治逗弄着他们，拒绝给出这个信号，学生们似乎决心等不到信号就接着闲聊，气氛很微妙，而且越来越紧张。

与此同时，他站在那儿，像个魔术师一样，缓慢而刻意地从手提包里拿出一本书，放在讲台上，一边用眼睛扫视学生们的脸。他的嘴角上扬，露出一个轻微但明确的微笑。一些学生也还他以微笑。这种公然对峙让乔治极度振奋。他从这些笑容、这些年轻的眼睛里汲取了力量。对他来说，这就是一天里的巅峰时刻。他感受到智慧、活力、挑战、些许神秘，最重要的是：与众不同。他整洁的深色外套，他的白衬衣，还有领带（这教室里唯一一条领带），都与这些年轻男生彰显阳刚的休闲装束迥然相异。他们绝大多数都穿着运动鞋、无袜带的白羊毛袜，天冷了穿牛仔裤，天热时则穿短裤（那种紧贴大腿的百慕大短裤，更好看的短款被认为是不得体的）。如果实在太热，他们会卷起袖子，有时还挑衅般地把领口的扣子解开，露出卷曲的胸毛和圣克里斯托弗徽章[①]。他们看起来像随时能从学习状态转换到挖掘壕沟，甚至帮派火并。跟姑娘们比起来，他们几乎都是笨拙的愣头青。姑娘们已经淘汰了十来岁少女时代流行的七分裤、松垮邋遢的T恤和蓬松的发型。她们都已是成熟的女人，在教室穿得像在出席一场极尊贵的宴会。

今天早上，乔治注意到他前排的常规学员都到齐了。只有德雷尔和库格尔曼是应他要求，帮忙坐在前排填空，其余几个都各有自己的原因。乔治讲课时，德雷尔带着一种令人振奋的机敏注视着他，但乔治知道德雷尔并不是钦佩他的学识。对德雷尔来说，乔治永远都只是个学术上的外行，他的学位、学术背景都是英国的，所以是可疑的。但乔治依然是船长，是海明威笔下的那个老人，德雷尔通过维护乔治的权威性来维护自己正攀援而上的那个价值体系。所以他希望乔治充满智慧地征服那些外人，也就是说，教室里除了他以外的每一个人。有意思的是，德雷尔怀着问心无愧的绝对忠诚，却会随心所欲地在课堂上跟他的副官库格尔曼说悄悄话。每当这时，乔治都想停下来，听他们在怎样议论自己。乔治凭直觉就能确定德雷尔绝不会在课堂上讨论其他任何人，那太失礼了。

---

① St. Christopher medal，天主教的护身符。

玛利亚修女来自一个天主教学社。她很快就能拿到文凭，自己也成为老师。毫无疑问，她是一个相当普通、缺乏想象力，却很勤奋的好姑娘。更无疑问的是，她坐前排是为了更好地集中注意力。没准她对那些男孩还有点兴趣，坐在前排能避免看到他们。绝大多数人在修女面前会手足无措，如此近距离地暴露在这位上帝的新娘和她死板僵化的中世纪道袍面前，乔治发觉自己越来越慌乱和戒备。像地狱军团里一个不情愿的征兵，他在极度文雅的冷战前线与这位天堂战士对峙着。在对她说的每一句话里，他都加上了“修女”这个尊称，而这也许恰恰是她最不想要的。

斯托塞尔先生坐在前排是因为他中年、耳背，刚从欧洲过来，而且英语非常烂。

内塔·托里斯女士也是人到中年。看起来她选这门课仅仅是因为好奇，或是打发无聊时光。她有一张离异妇女的脸。她坐前排是因为她的兴趣点直白而蛮横地集中在乔治身上，大家眼里的那个乔治。与其说是听，她更像是在观赏他，甚至像是从他的手势、抑扬顿挫的语调和姿态所组成的类似布莱叶盲文的系统里进行间接的“阅读”。这种几乎要触及肌肤的审视伴随着一种母性的微笑；对托里斯女士来说，乔治真的只是一个小男孩，那么可爱。乔治很想挑她的刺，给她一个低分让她放弃这门课。唉，可惜他不能。托里斯女士观赏的同时也在听课，她能把乔治刚讲过的内容复述出来，一字不差。

肯尼·波特坐在前排是因为他就是别人口中有点不正常的那类人,老爱做与大多数人相反的事情,都不是原则性的事,也不具攻击性。也许他只是太懵懂,没注意到这个圣托马斯部落的礼节和风俗,反正他也懒得去遵守。他是一个高瘦的男孩,肩膀很宽,但有点驼背。金红色的头发,头不大,一双亮亮的蓝眼睛也不大。要不是那个鹰钩鼻,他算得上传统型帅哥。但这个鼻子也还不错,一个大而有幽默感的器官。

乔治发现自己一直留意着肯尼的一举一动,但这并不代表他把肯尼当作盟友。噢,不会——他永远不能冒险视肯尼为理所当然的盟友。有时乔治讲一个笑话,肯尼发出深沉而狂放的笑声,乔治会觉得他是在和自己一起笑。有时肯尼的笑声晚了片刻,乔治又会神经质地觉得肯尼不是被这个笑话逗笑,而是在笑这整个场景,笑这个国家的教育制度,笑所有把他们聚集在这个教室的那些经济的、政治的、精神上的力量。每当这时,乔治都疑心肯尼实际上是某种天才,已经领悟到生命或存在最本质的意义。(尽管你永远不会从他的期末论文中看出这一点。)话又说回来,也许肯尼只是心理年龄太小,是个有误导性魅力的蠢蛋。

路易丝·山口坐在肯尼旁边,因为他们是男女朋友,至少,他们几乎总混在一起。她冲乔治微笑的样子总让乔治疑心她和肯尼是不是在私下里拿他取乐,不过谁又能完全看透这些谜一样的亚洲人呢?亚历山大·孟也有谜一样的微笑,尽管他漂亮的脑袋里除了块状的油画颜料之外几乎空空如也。路易丝和亚历山大眼下就是这教室里最漂亮的人，他们的美是那种植物之美，看似跟虚荣、焦虑、成就全然无涉。

与此同时，张力在堆积。乔治继续对喧闹的学生们微笑着，继续他那了不起的、挑衅而戏剧性的沉默。整整四分钟之后，他的沉默终于战胜了他们。窃窃私语停止了。那些已经停下来的学生会制止还在说话的。乔治赢了，但这胜利只持续了片刻，因为他必须破除自己的噤声魔咒。现在他必须揭开自己神秘的面纱，显露自己平凡廉价的身份。整个课堂都得听他的，不管他是在说梦话、结巴，还是发出天使一样的声音，都无关紧要。这个课堂就得听乔治的，据加利福尼亚州赋予他的权力，学生必须屈服于他，学习他哪怕最愚蠢的傲慢和最不负责的任性；因为那么多有价值的线索都指向一个问题：我要如何取悦、逢迎，或哄骗这个坏脾气的老家伙给我打个高分？

是啊，唉，现在他不得不把美好的静默破坏殆尽。此刻他必须开讲。

“天鹅死于许多个夏天之后。”①

① 原文为“After many a summer *dies* the swan”。

乔治带着戏剧性的和谐感和厚颜的怡然自得，把这句诗从舌尖一个字一个字地送出来，像在戏仿叶芝的朗诵。(他读到“死”字的时候给了一个重音，以补偿被阿道司·赫胥黎去掉的、原诗句开头的那个“and”。) 在成功地让至少一部分人吃惊或尴尬之后，他环视教室，嘲讽地一笑，带着老师做派轻声说：“想必你们已经读过赫胥黎这本小说了，至少三周前我就布置了这个任务。”

他从眼角注意到巴迪·索伦森明显的诧异，这倒是意料之中。埃斯特尔·奥克斯福德那个愤愤不平的“你现在告诉我这个？”的耸肩更过分。埃斯特尔是他最聪明的学生之一。正因为聪明，显然，她比班上其他有色学生更介意自己的黑人身份；实际上，她有点过于敏感。乔治常怀疑，她一直疑心他在言行中暗藏了各种微妙的歧视。可能乔治布置这个作业任务时她的确不在场。可恶，他应该留意到这一点，课后再通知她的。他有点怕她，同时也挺喜欢她，但又为她惋惜。他很讨厌她对自己造成了这样的影响。

“好吧，”他尽力和蔼地说，“如果谁还没来得及读这本书，也没那么重要。只需要好好听今天课堂上讲的，然后去判断自己是否赞同。”

他看了看埃斯特尔，冲她一笑。她也还以微笑。这次就算没事儿了。

“当然，这部小说名字取自丁尼生的诗《提托诺斯》。既然说到这儿——有谁知道提托诺斯？”

沉默。他一个一个望过去。没有人知道。连德雷尔都不知道。天哪，这种情况太典型了！提托诺斯对他们无足轻重是因为这与他们的课题隔了两步。赫胥黎、丁尼生、提托诺斯。他们做好准备去了解丁尼生，但不会再往前走一步。这就是他们好奇心的终结之处。因为，从根本上说，他们完全不在乎——

“不会真的没人知道提托诺斯是谁吧？没有一个人愿意去查一下吗？好吧，那我建议你们每个人周末花点时间读读格雷夫斯的《希腊神话》，还有这首诗。我必须说的是，我不明白，如果你们连小说名字的含义都毫不关心，怎么能假装对这部小说感兴趣？”

刚发泄完，这次坏脾气的爆发马上让乔治惶恐起来。天哪，他正变得越来越恶劣。更糟糕的是，他永远不知道自己什么时候会再爆发。他都来不及去约束自己。眼下，他只能面带羞愧地把视线抬高，盯着对面的墙，以避开学生们的目光，尤其是肯尼·波特的。

“好吧，从头说起，阿佛洛狄忒有一次撞见她的情人阿瑞斯和黎明女神厄俄斯一起在床上。（既然碰到了这些神话人物，最好把他们都查一查。）阿佛洛狄忒当然非常愤怒，她诅咒黎明女神只能为英俊的凡间少年而疯狂——让她不能再纠缠别人的神。”（乔治讲到这里时听到一阵窃笑，终于放心了；他还担心刚才的斥责和恼怒会触怒他们。）他视线还没放下来，话声带笑，继续道：“黎明女神非常尴尬，但发现完全无法控制自己，所以开始从人间绑架、引诱少年。提托诺斯就是其中一个。事实上，她把他的兄弟伽倪墨得斯也一起带走了，算是有个伴。”（这次笑声更大了，而且来自教室几个区域。）“不幸的是，宙斯看到了伽倪墨得斯，并疯狂地爱上了他。”（要是玛利亚修女被吓着，就太糟糕了。不过乔治没看她，而是看着沃利·布赖恩特。他对沃利更有把握，而且确信他正兴奋得坐立不安。）“而得知自己必须放弃伽倪墨得斯时，黎明女神厄俄斯要求宙斯，作为交换条件，要让提托诺斯长生不老。宙斯说，当然，有何不可呢？然后帮她实现了这个愿望。但厄俄斯太傻了，她忘了要求宙斯同时赐予提托诺斯永远年轻的容貌。顺便说一下，这个问题其实很好解决。月神塞勒涅就给她的男朋友恩底弥翁做了很好的安排。唯一的麻烦是，月神什么都不要，只想接吻，而恩底弥翁还有其他想法。于是月神赐予他永恒的睡眠，让他安静。即便能永葆美貌，这样也未免无聊，都不能醒来照照镜子。”（几乎每个人都笑了，是的，连玛利亚修女也笑了。乔治朝他们微笑。他确实讨厌任何不愉快。）“刚才讲到哪儿了？噢，对了，可怜的提托诺斯最后变成一个遭人厌的老头，永远死不了。”（哄堂大笑。）“至于厄俄斯，带着女神特有的无情，厌倦了提托诺斯，把他关了起来。然后他越来越疯癫，声音也越来越尖利，直到某一天，突然变成了一只蝉。”

讲这个故事算是一个可悲而虚弱的补救措施。乔治并没期待这能管用，而且的确没起到作用。斯托塞尔先生因为没听懂，有点抓狂，正绝望地跟德雷尔耳语，恳请他帮忙。德雷尔悄声为他解释，解释又引起更多误解。最后斯托塞尔先生终于听懂了，嘴里念着："这样啊——一只蝉！"[1]语气带着责备，意思是乔治以及所有英裔美国人都读错了这个单词。然而此刻乔治换了一种态度，接着讲课。他不再惯着他们、取悦他们，而是简洁明了、有权威地陈述。这是一个法官的声音，做总结、指示陪审团。

"赫胥黎选这个书名的大体意图非常清楚。你们需要自问的是，书名跟小说故事在细节上到底有多贴合。举个例子，吉尼斯特五世伯爵可以被看作是提托诺斯的对应人物，他最终变成一只猴子，就像提托诺斯变成一只虫子。那么乔·斯托伊特呢？奥维斯波医生呢？与其说是宙斯，他更像歌德笔下的恶魔靡非斯托非勒斯。那么谁又是黎明女神厄俄斯呢？肯定不是弗吉尼亚·莫西珀。起码我能确定一件事，她起得不够早。"没人听懂这个笑话。尽管乔治经历过太多这种状况，他还是时不时抛出类似的笑话，用英式幽默咕哝着讲出来。带着无人喝彩导致的恼怒，他用盛气凌人的语气接着说："在我们继续往下讲之前，你们得想清楚，这部小说的主题到底是什么。"

他们把剩下的一个小时都花在想清楚主题上。

---

① 原文为德语，Ach so—eine Zikada。

刚开始是一片沉默，一如既往。学生们继续坐着，盯着“主题”这个语义丰富的词发呆。“主题”是什么？或者说，乔治到底想让他们说什么呢？只要乔治喜欢，他们可以把这本小说的主题说成任何东西。这是因为，抛开他们所受的学术训练，他们在内心深处依然把归纳“主题”当作一个复杂累人的游戏。至于那些把探寻“主题”的本领培养成第二天性的少数学生，梦想某天能自己写一本关于福克纳、詹姆斯或康拉德“主题”的书，力证之前所有讨论这些作家主题的书都空洞无物——他们现在还不打算开口，他们在等待时机，直到能像神探般闪亮登场，再抛出赫胥黎罪案的解决办法。现在且让小喽啰们扑腾吧。先把水搅浑了再说。

水顺理成章地就被亚历山大·孟给搅浑了。当然，他知道自己在干什么。他不傻。作为一个抽象派画家，任何具象的事物都只能被视为小儿科，这或许就是他人生哲学的一部分。如果是个白种人，没准会对此态度激进，但亚历山大不会。带着漂亮的中国式笑容，他说：“故事是关于一个富人，因为觉得自己太老、配不上他喜欢的姑娘而妒忌不已，他认为跟姑娘登对的是一个年轻人，其实并不是。年轻人并没这个指望，因为姑娘跟医生已经勾搭上了。富人开枪错杀了年轻人，而医生帮他们掩盖了此事，并和他们一起去英国，寻找那个在地窖里跟女人乱搞的伯爵。”

哄堂大笑。乔治大度地笑着说：“你忘了波德基先生和普若特先生。他们怎么样呢？”

“波德基？噢，对了，就是他发现了伯爵一直在吃那些诡异的鱼……”

“是鲤鱼。”

“对对对……至于普若特——”亚历山大笑着挠挠头，装傻充愣地说，“很抱歉，先生。您得原谅我。为了想那个猫的问题，我昨晚差不多两点半才上床睡觉。天，我实在搞不懂这些东西。”

更多笑声。亚历山大完成了他的使命。他极具魅力地为平庸之辈做了辩护。现在可以畅所欲言，审讯得以继续。

以下就是一些学生的心得：

普若特先生不应该说自我是虚幻的，这证明他对人性毫无信念。

这部小说是无趣而抽象的神秘主义产物。不管怎么说，我们要永生做什么呢？

这部小说很高明，但太愤世嫉俗。赫胥黎应该在人间温情上花更多笔墨。

这部小说是极好的精神布道。它教导我们不应该去刺探人生神秘的一面。我们不应该拿永生开玩笑。

赫胥黎是极度荒诞的。他想清除所有人类，为动物和灵魂打造一个更安全的世界。

如果因为邪恶发生在时间里，就说时间本身是邪恶的，这就像恰好因为大海里有鱼，就说大海就是鱼本身。

普若特先生没有性生活。这一点就让角色缺乏说服力。

波德基先生的性生活缺乏说服力。

普若特先生是一个杰斐逊式的民主派，一个无政府主义者，一个布尔什维克，一个典型的约翰·伯奇派[①]。

普若特先生是个逃避主义者。这一点在他与皮特关于西班牙内战的对话中清楚地表现出来。皮特在被普若特先生洗脑之前一直是个好人，他精神崩溃以后开始信仰上帝。

赫胥黎绝对懂女人。送给弗吉尼亚一辆玫瑰红的摩托车真是神来之笔。

如此种种，不一而足。乔治微笑着站在那儿，没怎么说话，让学生们尽情高谈阔论。他把守着这部小说，像嘉年华摊位上的服务员，鼓励游客对着靶子又扔又砸。多么美好而单纯的乐趣啊。但还是有一些必须维护的基本规则。当有人把话题引到墨斯卡灵和麦角酸[②]，暗指赫胥黎先生基本就是一个瘾君子时，乔治断然反驳了

---

① John Bircher，对美国一个保守的反共团体成员的称呼。

② 两者皆为致幻剂。

他。有人小心翼翼地试图把它变成一部真人真事小说——有没有可能某个声名狼藉的女士与乔·斯托伊特枪杀皮特之间存在隐秘的联系，乔治告诉他绝不可能，那个童话般的猜想早在三十年代就不攻自破了。

终于冒出个乔治一直期待的问题。果然，是由迈伦·赫希提出来的，他总在坚持不懈地诘问着非犹太人。“先生，在第七十九页，普若特先生说《圣经》里最愚蠢的一句话是‘他们无故地恨我’①。他的意思是说纳粹仇恨犹太人是正当的吗？赫胥黎是反犹主义者吗？”

乔治深吸一口气。“不是。”他温和地回答。

整个课堂为迈伦的直言不讳而沸腾，接着，应学生期待沉默片刻后，乔治大声而严厉地强调了一次：“不是——”

“赫胥黎先生不是反犹主义者。纳粹仇恨犹太人也不是正当的。但他们仇恨犹太人并非无缘无故。没有人的仇恨是凭空产生的。”

“听着，让我们先把犹太人放一边，好吗？不管你是什么态度，现在已经没办法客观地讨论犹太人了。可能在接下来的二十年都不行。让我们以其他少数族群为例来思考这个问题，任何少数群体都行，你们选，只要是群体数量小，而且没有被组织起来，没有任何

① they hated me without a cause，与《圣经》原文“they that hate me without a cause”（“无故恨我的”，《旧约·诗篇》第69篇第4节）略有不同。

协会肯为之辩护的那群人——”

乔治望了望沃利·布赖恩特，眼神深邃、明亮，传达着：我跟你同一战线，少数派小姐妹。沃利很胖，脸色蜡黄，他把波浪般的鬈发梳得一丝不乱，指甲打磨得齐整光亮，眉毛也偷偷修过，但花在身上的这些心思反而让他不那么迷人了。显然，他看懂了乔治的眼神。他窘迫不已。没关系！乔治现在要给他上一堂永生难忘的课，让他开始关注自己羞怯的灵魂，给他扔掉指甲锉、直面生命真相的勇气——

“来，我们举个例子。有雀斑的人在没有雀斑的人面前并不觉得自己是少数群体。在我们今天的语境里，他们的确不是少数群体。为什么呢？因为少数群体只有在对多数群体构成威胁时才被视为少数群体，无论这个威胁是真的还是假想的。然而没有任何威胁是完全凭空想象出来的。有人不同意这一点吗？如果你不同意，你可以自问：如果这个少数群体一夜之间变成多数群体，会怎样？你懂我的意思吗？如果不懂——再琢磨一下！

“好了，接着自由派就站出来了——我猜教室里的各位也是自由派——他们会说：‘少数群体也是人，跟我们一样的人。’当然，少数群体也是人，普通人，不是天使。当然，他们跟我们一样——但又不完全一样；这就是自由派的歇斯底里，再熟悉不过了，在这种形势下，你开始自欺欺人，让自己相信真的看不出黑人和瑞典人之间有任何区别——”（为什么，噢，为什么乔治不敢说“埃丝特尔·奥克斯福德和巴迪·索伦森之间”呢？也许，如果他敢，会引发一阵原子弹爆发般的大笑，大家会互相拥抱，天国会降临，就在278教室。但话说回来，也许不至于。）

“所以，让我们面对现实，少数群体是那些可能跟我们长得不同、行为举止不同、想法不同的人们，有我们所没有的缺点。我们可能不喜欢他们的外表和行为方式，我们可能厌恶他们的缺点。与其把真实感受和伪自由派的多愁善感搅和在一起，还不如承认就是不喜欢，就是仇视。如果我们诚实地面对自己的感受，我们就有了安全阀；有了这个安全阀，我们对少数群体进行迫害的可能性反而会降低……但我知道这个理论现在并不流行。我们都在尽力让自己相信，如果对一个东西忽视得够久，它就会消失不见——

“我说到哪儿了？噢，对……好吧，现在假设少数群体真的受到了迫害，别管因为什么，政治、经济、心理学上的原因——总会有一个原因，别管多离谱，这就是我的观点。当然，我相信大家都能认可，迫害本身永远是错的。但更糟糕的情况是，我们陷入了另一个自由派邪说。按自由派的说法，只因为实施迫害的多数派是卑劣的，那么被迫害的少数群体就一定是纯洁无瑕的。你能看出这其中的荒谬吗？那如何防止不好的人被更坏的人迫害？难道竞技场里牺牲的基督徒都是圣人吗？

“我再告诉你们一件事。少数群体有自己的侵略性。它会刺激多数派来攻击自己。它仇视多数派——并非毫无缘由，我向你保证。它甚至仇视其他少数群体，因为所有的少数群体都在竞争——所有的少数群体都在声称自己境遇最凄惨，冤屈最深重。他们越仇恨，就遭到越多迫害，自己也就变得越卑鄙。你们认为人在被爱时会变得卑鄙吗？你们知道不会。那么当人被厌恶的时候，凭什么会变得友好？当你被迫害时，你会恨发生在你身上的一切，你会恨所有导致这一切发生的人，你就活在一个仇恨的世界里。为什么？因为你就算遇到了爱，也认不出来！你会怀疑爱。你会以为这背后总有点什么——某种动机——诡计——”

讲到这里，乔治已经不知道自己证明了什么，推翻了什么，在为哪一边辩护，甚至到底在说什么。然而这些肺腑之言还是脱口而出。不管有没有道理，他真心认可每句话。他把它们像鞭子一样挥出去，去把沃利抽醒，还有埃丝特尔和迈伦，以及在座的每一个人。既然他现在还有听众，那就大家都听好了——

沃利看上去还是很窘迫——但不是因为鞭笞，也不是因为醒悟。现在，乔治发觉沃利的目光不再停留在他身上，而是移到上方，他身后的某个点，他头上方的墙上……现在，就在他快速扫了一眼教室时，他声音在发颤，势头在减弱，他看到其他学生的眼睛也都看着上方，盯着那个该死的钟。他不必回头就知道肯定已经超时了。

他冷不丁地打住，告诉学生："我们下周一再继续讨论。"学生们不约而同，立刻站起来，收起书，开始叽叽喳喳。

好吧，你还指望什么呢？他们没办法不急，绝大多数人还得在接下来的十分钟内赶到别的地方。尽管如此，乔治还是被激怒了。太久了，他都不记得上一次像这样，在一堂课结束的时候忘了时间，畅快地直抒胸臆是什么时候的事了。多丢脸啊！这个充满激情的傻教授，不顾时间地唠叨个没完，学生们肯定在下面哀叹着："他又发作了！"就在这一瞬间，乔治痛恨他们，恨他们急匆匆拥出教室时那种无礼轻慢的漠不关心。再一次，钻石被以五分钱的价格公开兜售，而学生们只是耸耸肩，咧嘴笑着转过身去，以为这个叫卖的老家伙疯了。

所以他对那三个逗留在后面想提问的学生格外和蔼地笑了笑。但玛利亚修女只是想知道，乔治在出期末考试题目时，会不会要求他们把赫胥黎这本小说里提及的书都读一遍。乔治想，要是回答她"是，还包括《索多玛一百二十天》"，那就太好玩了。他当然没这么说。相反，他保证不会。她开心地走了，肩上的学术重担又轻了许多。

接下来是巴迪·索伦森，他只是来表达歉意的。"很抱歉，先生，我没有提前读赫胥黎，因为我以为您会带着我们先过一遍。"这是纯粹的愚蠢还是狡猾？乔治实在懒得去分辨。"拒绝核弹！"他看着巴迪胸前的徽章念道。巴迪高兴地笑了，学着乔治的语气说：“对，先生，绝对的！”

内塔·托里斯女士想知道，赫胥黎先生是否以一个真实存在的英国村庄为原型写出了他的古尼斯特。乔治不知该怎么回答，他只能告诉托里斯女士，在最后一章里，当奥维斯波、斯托伊特和埃丝特尔去找五世伯爵的时候，他们应该是从伦敦开车出发，往西南方向走的。所以，古尼斯特的原型很有可能在汉普郡或苏塞克斯郡的某处……但他逐渐意识到，托里斯女士的问题只是一个幌子。她想引出的话题是英格兰，想告诉乔治她十年前曾在英格兰度过了永生难忘的三周。除了绝大多数时间在苏格兰之外，剩下的一点时间都在伦敦。“每当你对我们说话时，”她狂热地盯着乔治的脸，“我就会一直想起那美妙的口音。像音乐一样悦耳。”（乔治非常想问她，她想起的到底是哪种口音，是伦敦东区的还是高尔伯斯区[①]的？）接着托里斯女士又想知道乔治的出生地，他告诉她了，而她从没听说过。他趁她受挫的短暂空当，赶忙结束了这次“闲话家常”。

乔治的办公室终于又派上了用场。为了避开托里斯女士，他躲

① Gorbals，属于苏格兰的格拉斯哥市。

进办公室。而戈特利布博士也在里头。

戈特利布正为收到英格兰寄过来的一本关于弗朗西斯·夸尔斯[①]的新书而激动不已，书的作者是一位牛津大学的老师。关于夸尔斯，戈特利布懂的一点也不比牛津这位老师少。但这位老师背后耸立着的权威是牛津大学，彻底震慑住了出生在芝加哥某贫民区的可怜的小戈特利布。“这让你意识到，”他说，“想要做这个研究，就得有一定的背景！”乔治有点伤感，也有点低落；因为很明显，戈特利布对生命别无所求，最大的愿望是成为那个可悲的牛津教员，学习写那些充满恶意、轻浮琐碎、抠抠搜搜的酸文假醋文章。

把书拿在手里，带着恰当的敬意翻了两页，乔治决定去吃点什么。从楼里走出来时，他最先认出的熟面孔是肯尼·波特和路易丝·山口。他们坐在草地上，一棵新栽的小树下。可能是最小的一棵树，只有十来片叶子；坐在下面显得很傻，不过这可能正是肯尼选那儿的原因。他和路易丝看起来像两个在玩游戏的孩子，假装自己被困在南太平洋某个珊瑚礁上。想到这里，乔治不禁对他们笑了笑。他们也对乔治微笑，路易丝笑出了声，是那种日式的精巧娇羞。乔治像艘汽船安静地贴着他们的岛礁而过，并没有停留。路易丝可

① Francis Quarles (1592—1644)，英国宗教诗人。

能也有同感，她纤细的手腕和小手以迷人精致的姿势欢快地向他挥别，正像挥别汽船那样。肯尼也挥手了，但估计他并不知道汽船和岛礁的故事，只是在模仿路易丝。尽管如此，他们的挥手让乔治心情舒畅。他也向他们招手。老旧的汽船与年轻的漂流者们交换着信号——并非求救信号。他们彼此尊重对方的隐私，只希望互相问个好，没想有什么瓜葛。乔治又一次感觉时光变得美好了，和那两个网球手起到的效果一样。但这一次他的心里没有任何波澜，而是平静和喜悦。乔治朝学校餐厅走去，自顾自微笑，甚至没想回头看。

突然听到背后有人叫了一声"先生"。他回过头，是肯尼。肯尼穿着胶底运动鞋，悄无声息地追了上来。乔治估计他会问点什么，比如下堂课会读哪本书，然后就走掉。然而肯尼放慢脚步，走在他旁边，用一种理所当然的语气说："我要去一趟书店。"他并没有问乔治是不是要去书店，乔治也没告诉他自己本来没打算去书店。

"先生，你试过墨斯卡灵吗？"

"试过一次。在纽约。大概是八年前。当时还没有法规说不让销售，我直接去药店订了些。他们当时都没听过这种东西，但几天后还是给我找了点儿。"

"然后你有没有看到什么——神秘幻象之类的？"

"没有，没有看得清的影像。刚开始觉得有点像晕船。不严重。当然也有点害怕。像杰基尔博士[①]第一次服药之后感受到的那样，某些颜色会变鲜亮，凸显出来。你会奇怪为什么其他人都没发觉。我记得自己看到一位女士的红色钱包放在餐厅里一张桌子上——当时觉得这就是一个公众丑闻！每个人的脸都变得像漫画，我是说，你大概能看出画的是什么，但画得很简陋。这个人虚荣得不行；那个人紧张得要吐；还有一个人正摩拳擦掌地准备挑事儿。然后你会看到极少数非常漂亮的人，就因为他们对任何事情既不紧张兮兮也不咄咄逼人，他们会顺其自然……噢，世界万物都变得越来越立体，窗帘变得厚重，有雕塑般的质感，木头也纹理毕现，花花草草明显活了过来。我记得有一盆紫罗兰，它们没在动，但我知道它们能动起来；每一朵都像一条蛇，下身盘起，上身直立着一动不动……然后，等药效都发作出来，你会觉得房间的每面墙以及你周围每一件东西都开始呼吸；每件木器的纹理开始流动，就像液体一样……接着，这些又都缓缓消退，恢复正常。你不会有任何宿醉感。这些感觉过去后，我完全没事，晚饭还大吃了一顿。”

“在那之后你再也没用过了吧？”

“没有。尤其是，我并不想再用。那只是一次体验而已。我把

---

① 典出斯蒂文森小说《化身博士》(*Dr. Jekyll and Mr. Hyde*)。

剩下的药丸都给了朋友。有个朋友跟我一样看到了类似的景象，其他人什么都没看到。其中一个跟我说她一辈子都没这样害怕过。我怀疑她只是客套一下，像感谢别人邀你参加派对——”

“你现在一粒也没剩了吧，先生？”

“没有，肯尼。当然没有！就算有，我也不会发给学生。即便我想被扔出校园，这也肯定是最蠢的一种方式。”

肯尼笑了笑。“抱歉，先生。我只是好奇……我猜，如果我真的想要，还是有办法搞到的。那些东西，在校园里几乎都能弄到……路易丝的一个朋友就弄到了。他声称吃下去之后看到了上帝。”

“好吧，也许真能看见。可能我当时吃得还不够多。”

肯尼上下打量着乔治，似乎觉得很有趣。“你肯定知道点什么，先生。我敢打赌，即便你当时看到了上帝，你也不会告诉我们的。”

“为什么这么说？”

“是路易丝说的。她觉得你是那种有点讳莫如深的人。比如今天上午，我们信口开河大谈赫胥黎，而你只是听着——”

“我注意到你没怎么发言。我甚至觉得你压根没开口。”

“我在观察你……说真的，我觉得路易丝说得对。你让我们各抒己见，然后帮我们整理思路，我并不是说你没有教我们太多有意思的东西——你教了很多——只是永远不会向我们和盘托出——”

乔治有点受宠若惊。肯尼从来没有像这样跟他聊过天。他无力抗拒，迅速地陷入肯尼赋予他的那个角色之中。

“好吧——也许是这样，但从某个方面来说……你看，肯尼，很多事情不到别人问起来，你都不知道自己知道。”

他们走到了网球场。整个场地都被人占了，满是移动着的身影。如同精于此道的老手，乔治像蜥蜴那样迅速地扫了一眼，立马发现上午那对球员已经离开，场上剩下的球员没有一个身材好到能引人注目。在最近的场地上，一个中年胖教员正挥汗如雨地和一个有腿毛的姑娘对打。

“在你能给予解答之前，”乔治意味深长地说，“总得有个人先提出问题。但要找到一个能提出正确问题的人实在太难了。绝大多数人根本就不感兴趣——”

肯尼沉默了。他是在思考这个问题吗？还是他现在正准备问乔治一个问题？乔治满怀期待，心跳加速。

“并不是我故意讳莫如深，”他说道，眼睛一直盯着地面，尽力不让这个回答显得私人化，“你知道吗，肯尼，太多时候，我想开诚布公地聊一些事情，讨论一些东西。我并不是说在教室里，当然不是——那肯定起不到效果。一定会有人误解——”

沉默继续着。乔治迅速抬眼瞄了一下肯尼，发现他正盯着那个多毛的女孩，但也没有表现出任何兴趣。也许他根本就没在听，天晓得。

“也许路易丝那个朋友根本没看到上帝，”肯尼突然冒出一句，“我是说，他没准是在自欺欺人。我是说，他吃了那些东西之后没多久就崩溃了，在戒毒所里关了三个月。他告诉路易丝，在他崩溃时，他变成了魔鬼，能变出星星。我没开玩笑！他说他能一下变出七颗星星。但他怕那些警察。他说警察有一种机器，能捉住魔鬼并驱散它们。那种机器叫MO，倒过来拼写就是OM，你知道吧，先生，印度语里是‘神’的意思。”

“如果警察能驱散魔鬼，那就是说他们是天使，对吧？好吧，那就能说通了。能把警察当天使的地方一定就是精神病院了。”

直到走进书店，肯尼还在为这个故事发笑。他想买一个卷笔刀。店里陈列着各种颜色的塑料卷笔刀，红色、绿色、蓝色，还有黄色。肯尼拿了一个红色的。

“你想买什么吗，先生？”

“呃，其实，我什么也不买。”

“你是说，走这么远的路只是为了陪我一起？”

“当然，有何不可呢？”

肯尼又惊又喜。“那好吧，我一定要为此送你点什么！来，先生，选一个，我送你。”

“噢，但是——好吧，谢谢你！”乔治实在有点难为情，像刚被送了一支玫瑰一样。他选了一个黄色的。

肯尼笑了笑：“我以为你会选蓝色。”

“为什么？”

“蓝色不是象征着精神吗？”

“你怎么就认为我看重精神？那你为什么选了红色？”

“红色象征着什么？”

“愤怒和情欲。”

“别逗了。”

他们都没说话，几乎很亲密地笑了。尽管这夸张而含糊的对话并没有让他们更了解彼此，乔治依然觉得，这种不了解，乐意保持相互误解，本身就是一种亲昵。接着肯尼付了账，对他挥挥手，这架势暗示了一种随意且不恭敬的解散指令，“回头见”。

他信步离去。乔治又在书店里逗留了几分钟，以免让人以为自己是在跟踪他。

如果用餐好比是圣礼，那么教工餐厅只能被比作最阴冷荒凉的贵格会会堂。这里绝不认可那种仪式主义，说什么食物必须在最佳状态，诱人地呈现出来。这里简直就是餐厅的反面例子。金属和塑料组装起来的餐桌被擦得太干净，用来装脏纸巾和纸杯的褐色金属废纸篓也过于整洁；而且相比人声鼎沸的学生餐厅，这里过于安静。

这安静是百无聊赖的、尴尬的、不自然的。这里不像剑桥或牛津的餐厅那样有老教授专用的贵宾席，也就无法因为有德高望重的进餐者而让它变得更可敬，或至少可畏。这里绝大多数教工相对年轻，乔治是最年长的几位之一。

天哪，放眼望去，不少人——尤其是年轻点的人——脸上那种阴郁的、失败者的表情，真是让人伤感。为什么他们对生活如此不满？没错，他们收入不高，“钱景”不甚光明；没错，他们也没有跟公司高管打成一片的福气。但是，和起码还有四分之三活力的学生共处，难道不算一种安慰吗？难道相较于生产那些“无用”的消费品，能真的“有用”不会带给他们任何满足吗？知道自己属于这个国家少数几个还没腐败到底的行业，难道不值得庆幸吗？

这些阴郁的教员显然不这么认为。他们要有胆子，早就走出校园了。但他们把自己培养得只能适应这份工作，只好一条路走到黑。他们把本该花在学习坑蒙拐骗上的时间都浪费掉了。他们自绝于地产经纪人、生意人、推销员这样的社会主流，孜孜不倦地去追求枯燥而不足信的学问。说学问无用的往往是主流人群，因为他们没有这些学问也能过得挺好，他们追求的是产品，是实际效用。在他们看来，这些教授都是蠢货。如果所学不能用来挣钱，学它何用？而阴郁的教员们大体上也认同这点，所以私下很为自己既不够聪明也不够狡猾而惭愧。

乔治径直走进取餐间。女服务生正从柜台上热气腾腾的焙盘里帮人盛炖菜、蔬菜和汤。你也可以要点沙拉、水果派，或是一种奇怪的、看上去有致命危险的半透明果冻，里面还有亮绿色花纹。面带不情愿的迷恋、像隔着爬虫馆玻璃那样死死盯着其中一块果冻的那个人是格兰特·勒法努，年轻的物理教授，也写点诗歌。格兰特绝对是阴郁的反面，永远斗志昂扬的样子。乔治还挺喜欢他的。他是个戴眼镜的小个子，却有一口大牙，笑容透露出真挚的知识分子的狂热。你很容易把他想象成一百年前沙俄时代的恐怖分子。给他一个机会，他就能成为追随某种理念的狂热英雄，义无反顾地将理想付诸行动。所有面色苍白、眼神灼热的学生、无政府主义者和乌托邦主义者，在茶和香烟的陪伴下，在密闭的房间里彻夜长谈，第二天早上就能带着绝对的纯真，把长谈转化为扔出去的炸弹和意气风发的口号。即便在被拖去地窖和行刑队时，这些年轻的梦想践行者依然面带笑容。格兰特脸上常出现这种笑容——因为直抒胸臆而近乎羞赧。他像个害羞而习惯喃喃自语的人，常因一时情急而说话太大声。

事实上，格兰特最近至少在一件小事上践行了他的英雄主义。他曾出庭为一个书商做辩护证人。书商在兜售二十世纪二十年代的大部头情色经典时被抓个正着。这类书本来只在拉丁语国家才买得到，书商正通过一系列测试案例，为它们争取被美国年轻人追捧的权利。（乔治也不能完全确定这和他年少去巴黎旅行时读的是不是同一类。他只记得当时读到一半有盛大的交媾场景，气得他把书丢进垃圾桶。这当然不是因为他心胸不够开阔，想写异性恋就尽管写吧，想读的人也尽管去读。一个不变的事实是，这类书无趣透顶，坦白说，甚至有点低俗。现代作家们为什么就不能坚守那些古老简单而有益身心的主题呢——比如说男孩子们？）

这一次，格兰特·勒法努的英雄主义体现在他赌上自己的学术生涯为这些书辩护上。因为本校某个位高权重的资深教员业已出庭作证，认定该书淫秽、堕落而危险。格兰特站在证人席接受交叉询问时，面带害羞的微笑，表示对该书持不同看法。后来，在再三被刺痛，并因支支吾吾被警告了三次之后，他脱口而出说不是这本书，而恰恰是这些指控者，才配得上刚才那三个形容词。雪上加霜的是，当地某个自由派专栏作家欣然报道了这一切，把那位资深教员描绘成反动的老不死，而把格兰特形容为年轻有为的公民权利捍卫者，并将格兰特的证词扭曲为人身攻击。所以现在的问题是，本学年结束时，格兰特的教职还能续签吗？

格兰特视乔治为颠覆者同盟。乔治可配不上这样的恭维，因为他资历够老，可以时常表演英式的离经叛道，万不得已时还有一些额外收入可以倚仗，所以他有底气在学校畅所欲言。而可怜的格兰特没有额外收入，却有一个老婆和三个不小心怀上的孩子。

“有什么新鲜事吗？”乔治问候他，潜台词是：最近敌人有什么新举动？

“你听说那些警察学员的课程了吗？今天从华盛顿来了一个神秘人物，教他们分辨共产主义倾向的二十种方法。”

“开什么玩笑！”

“去旁听吗？我们可以问一些让他难堪的问题。”

“几点？”

“四点半。”

“去不了，我一小时后得赶去市区。”

“太可惜了。”

“是挺可惜。”乔治随声附和，暗自舒了一口气。他也无法确定格兰特是不是在试他的胆量。有好几次，格兰特也是用这种半真半假的口吻，撺掇乔治一起去砸约翰·伯奇协会的场子，或是去沃茨和美国最有才华的无名诗人一起抽大麻，甚至是去见见某个黑人穆斯林运动的核心人物。乔治并不真怀疑格兰特是在试探他。毫无疑问，格兰特时不时会试探别人，但他从没把乔治当胆小鬼。他大概以为乔治从不参与只是嫌这些活动太无趣。

他们走过整个餐台，只拿了咖啡和沙拉——乔治在控制体重，而格兰特的胃口就跟他的体格一样小。格兰特说起他的某个熟人，这人跟某大型计算机公司的专家一直有联系。专家说，战争爆不爆发并不重要，因为活下来的人足够维持国家运转。当然，幸存者多半是那些有钱有势的，因为他们有更好的避难所，不需要从奸商手里以折扣价买那种漏水漏得跟死亡陷阱一样的烂掩体。专家建议，想建避难所的话，起码得同时找三个承建商，这样谁都不知道你究竟在建什么。一旦你有个好避难所的消息泄露出去，等危机一来，你家就会被暴徒强占。出于同样的原因，你就该务实点，买一挺轻型机关枪。这可不是多愁善感的时候。

乔治带着恰到好处的讥讽笑了起来，这正符合格兰特对他的期望。但这种恶意的幽默令他反感。二十年代、三十年代、第二次世界大战，这一次次的过往危机都如病痛般在乔治身上留下了印迹，那是一种恐惧，对湮灭的恐惧。而现在，我们有了更大的恐惧——对幸存的恐惧。害怕我们会在一个断壁残垣的世界里苟延残喘，在那样的世界里，斯特伦克先生可以顺理成章地毙掉格兰特和他太太以及他们的三个孩子，只因为格兰特疏于给家人储存足够的食物，这样他们一家都会挨饿，而挨饿就可能导致他们变成对他人的威胁。这可不是多愁善感的时候。

“辛西娅在那边，”他们重新回到用餐室时，格兰特说，“要不要和她坐一起？”

“非要这样么？”

“我猜是的。”格兰特紧张地干笑几声，“她已经看见我们了。”

果然，辛西娅·利齐正向他们招手。她是一个年轻漂亮的纽约人，毕业于萨拉·劳伦斯学院，家境殷实。她结婚不久，对象是教历史的安迪·利齐，下嫁的部分原因也许是要气气家里人。但他们的婚姻生活似乎相当美满。安迪很消瘦，皮肤苍白，但并不是善茬；他眼睛性感、有神，还有那种惯于床笫之欢的人特有的无侵略性的柔韧。在社交上他有点高攀了，但毫无疑问他很享受为了够上辛西娅的阶层而付出的额外努力。他们会举办那种大家都愿意去的派对，吃的喝的都极铺张，多亏了辛西娅的钱。所以安迪很受欢迎。辛西娅人也不错，唯一的问题在于她自视为微服探访贫民窟的东岸贵族，尽力想展现的贵族风范却不过是盛气凌人罢了。

“安迪放我鸽子了。”辛西娅对乔治说，“过来陪我聊聊。”等他们在她这桌坐下，她转向格兰特说：“你太太再也不会原谅我了。”

“噢？”格兰特笑得出奇地用力。

“她没告诉你吗？”

“一个字都没有！”

“她竟然没说？”辛西娅很失望，突然又面露喜色，“噢，她一定是生我气了！我跟她说，这学校把学生们打扮得奇丑无比。”

“但我相信她很认同。她也一直这么说。”

“孩子的童年都被剥夺了。”辛西娅忽略他的话，继续说，“他们被培养成小消费者！这些过分精致的小家伙竟然涂着口红！上个月我去了趟墨西哥，那就像突破重围呼吸到的一口新鲜空气。噢，我没法跟你形容！他们的孩子是如此真实，一点都不焦虑，没走上歧途，只是自然地茁壮成长——”

“唯一的问题是——”格兰特开口了。显然，他准备发表不同于辛西娅的看法。正因如此，他只咕哝了几声，对方几乎听不见。辛西娅也选择直接忽略。

“后来，我们跨过边境回到美国的那天晚上，真是永生难忘啊！我对自己说，要不是这些人，要不就是我，总有一方是疯了。他们看起来都在跑，像以前那种无声新闻短片。然后是餐厅里那个女招待——我从来没发觉称呼她们‘女招待’是多么邪恶的事。她冲我们笑的样子！还有那些厚厚的菜单，上面就没有一样东西是能吃的。那些诡异的像僵尸一样的上菜员，只给你上杯水，直接拒绝跟客人交流！我真不敢相信自己的眼睛……天哪，我们还在其中一个新得可怕的汽车旅馆住了一晚。我甚至有种感觉，旅馆里的一切都是从别处某间工厂刚弄过来的，就在我们到的前一分钟才组装好。这种旅馆放哪儿都格格不入。我的意思是——在墨西哥住过那么多无与伦比的老旅馆，每一家都货真价实——这家却完全不真实——”

再一次，格兰特看上去试图抗议点什么。但他这次咕哝的声音更低了。连乔治都没听见他的话。乔治猛灌一口咖啡，感受到咖啡在空腹里的撞击感，突然振奋起来。“说真的，辛西娅，亲爱的！”他听见自己惊叹道，“你怎么老在说这些令人难以置信的废话？”

格兰特惊愕地笑了两声。辛西娅看上去很吃惊，但更高兴。她是那种喜欢被挑战的霸道人，挑战反而让她的侵略性得到最大满足。

“说真的！你是不是脑子不清醒了？”乔治感觉像从赛道上俯冲下来，越来越顺畅，兴奋到飞起来，“我的天，你听起来就像那种第一次踏足纽约的阴沉的法国老学究！他们恰恰也是这样的语气！不真实！美国的汽车旅馆都不真实！我的好姑娘——你知我知，我们的汽车旅馆就是刻意被设计得‘不真实’——如果你非要用这愚蠢的形容。最简单的理由是，美国汽车旅馆的房间不是某家旅馆里的某个房间，而仅仅是一间房，仅此而已。只有这一间，别无选择。如果你愿意，你可以把它看作我们生活方式的一种象征，一个三维立体的广告。我们的生活方式是什么？是一种建筑规范，包含了固定尺寸、固定设施，要用固定的合适的材料，一切刚刚好，不多不少。还需要额外的东西？只能自己想办法。如果你这样描述给欧洲人听，能吓死他们！事实上，我们的生活方式对他们来说太简陋了。我们把物质层面的东西简化为象征性的便捷。为什么呢？因为这是关键的第一步。物质层面一天不被划分、归类到合适的位置，我们的精神就一天不能自由。大家都知道这多么显而易见。最笨的美国人好像凭直觉就能理解。欧洲人却骂我们‘不人性’，或者他们愿意用个更无礼的词——‘野蛮’，因为我们与他们的世界决裂了，他们那充满个体差异、浪漫的低效和为物质而物质的世界。他们那已经死亡的古老邪教里，只有大教堂、初版珍本、巴黎模特和陈年佳酿。当然，他们从未放弃，每一分每一秒，他们试着用令人厌恶的文化宣传来颠覆我们，从未停止。一旦他们成功了，我们就完蛋了。这种颠覆才是反美活动调查委员会应该去稽查的。欧洲人恨我们，是因为我们像钻进洞穴沉思的隐士那样，活在广告里。我们睡在象征性的卧室里，吃象征性的食物，享受象征性的娱乐——这都让他们害怕、让他们愤怒、让他们恶心，因为他们永远不会懂。他们只是不停嘶吼着：'这些人就是行尸走肉！'他们必须让自己坚信这一点，否则只能崩溃地承认美国人可以选择这样的方式生活，是因为美国才有更先进的文明，领先欧洲甚至世界其他任何地方五百或者一千年。从根本上说，我们才是精神层面的物种。我们都活在精神世界中。这就是为什么我们能安然接受美国汽车旅馆房间这样的象征符号。欧洲人害怕象征符号，因为他们就是些卑躬屈膝的物质主义小人……"

就在这高屋建瓴的檄文马上要结束时，乔治像是从高空看见安迪·利齐走进了餐厅。这绝对是一个解脱，乔治已然感到自己的引擎熄火了，已是强弩之末。倚仗着老飞行员的技巧，他来了一次完美的滑翔着陆。更妙的是，因为安迪已经走到他们桌前，他表现得像完全出于礼貌才停止了演讲。

“我错过了什么吗？”安迪微笑着问。

马戏团的圆形舞台上没有幕布能降下来帮演员遮掩，也没办法把演出营造的魔法氛围完好无损地保存下来。他曾高高地立在秋千上划出耀眼的弧线，闪耀、跳跃，像个明星。现在呢，他落在平地上，黯淡无光，追光灯早没有了，对于还愿意多看一眼的人来说，也不过是隐约可见——人们都在关注着小丑的表演。他只能匆匆穿过一排排观众席朝出口走去。再也没人为他鼓掌，只有极少数人赏脸给他匆匆一瞥。

变得无足轻重之后，乔治被一种并不难受的倦怠包围。活力如海浪退潮般消失，他也心满意足地随之退散。这也是一种休息的方式。转眼间，他老了许多。在去停车场的路上，他走路的姿势也不同了，少了弹性，手臂和肩膀很僵硬。他走得更慢了，时不时地脚步踉跄。他低着头，嘴角松弛，脸颊肌肉下垂，脸上一副呆滞的、梦游般平静的神情。他怪异地喃喃自语，声音像绕着蜂巢的蜜蜂。走着走着，还时不时放几个长长的响屁。

医院矗立在冷清的小山上，车流环绕而过，大楼从草坪和花丛中拔地而起，从高速路上能一眼瞧见。它对司机来说就是一个巨型指示牌——伙计们，路的尽头到了。它也有怡人的一面，清风从四面八方拂过大楼，从楼里往外看，很多窗口的风景都很好，大海、帕洛斯弗迪斯角尽收眼底，在透亮的冬日清晨，甚至可以看到卡塔利娜岛。

接诊台的护士也令人愉悦。她们不会用一堆问题来烦你。如果知道自己要探访的房间号，你甚至可以直接进去，不用经她们同意。

乔治自己按了电梯，到二楼电梯停下，一个黑人男护士推着平躺的女病人进来。他跟乔治说，病人要做外科手术，他们得下到一楼的手术室。乔治礼貌地想退出电梯，但年轻的男护士（他有着性感健壮的手臂）说："不用麻烦。"他只好站在电梯里，偷偷观察着病人，像陌生人葬礼上的一个旁观者。她还很清醒，但跟她说话会是一种亵渎，因为她就像仪式上即将被献祭的祭品。她自己似乎也这么觉得，顺服地放松着。她的银发看上去那么漂亮，一定才烫过。

这就是那扇门，乔治暗想。

总有一天我也会经过那扇门吗？

唉，想想那里的景象、气味和给人的感觉，可怜的身体里每一寸神经都在瑟瑟发抖。它只会盲目地惊恐、退缩，挣扎着想逃走。它根本就不应该被送到这里来——在药物的作用下变迟钝，被针刺穿，被小刀切割——难以想象，血肉之躯该多么愤怒！即便是为了治愈它、让它解脱，它也绝不会忘记、绝不会原谅。有过这样的经历，一切都跟原来不同了。身体会失去对自己的信念。

吉姆曾因伤风、割破手指或肠胃不适而呻吟、抱怨，甚至暴跳如雷。但在最后关头，人最需要运气的时候，吉姆还是幸运的。卡车非常精准地撞上他的小车，他毫无知觉地走了，没人会把他送到医院这种地方。他被撞得不成人形，也就无法成为医院的祭品。

多丽丝的病房在顶楼。此刻门廊无人值守，病房门大开，病床被一扇屏风遮挡。乔治进去之前从屏风上偷偷往里看了一眼。多丽丝正躺在床上，面朝窗户。

乔治几乎习惯了她的样子，甚至不觉得害怕。他已经察觉不出她的改变。多丽丝似乎不再变化，她已经是一个全然不同的生物；这个蜡黄的假人模特皮肤皱缩，四肢骨瘦如柴，腹部凹陷，在被单上凸显出棱角分明的轮廓。这一切跟那个高大自负、野兽般的女孩有何关系？和那具张开双腿在吉姆裸体下不知羞耻求欢的胴体有何关系？那恶心的阴户吸吮着，狡诈无情、贪婪的肉体焕发出青春、光泽和狂傲的弹性，命令乔治靠边站、对着女性特权顶礼膜拜、羞愧地隐藏他那违背自然的念头。我是多丽丝，我是女人，我他妈的就是大自然母亲。教堂、法律、国家之所以存在都是为了支持我。我要求我与生俱来的权利，我要吉姆。

乔治有时也问自己：即便在当年，我是否曾偷偷诅咒她得到这样的报应？

答案是否定的。并不是乔治还没邪恶到那个程度，而是因为多丽丝已经超乎她个人的意义，她是女人，是敌人，要求吉姆为她所有。只要胜利的是女人，毁掉多丽丝本人或一万个多丽丝也无济于事。屈服，让吉姆跟她同游墨西哥，才是跟女人斗争的唯一方式。怂恿吉姆去满足所有好奇、满足被逢迎的虚荣和肉欲（主要是虚荣），赌他最终会回来（的确回来了），说她真恶心，说下不为例。

吉姆，如果你看到她现在的样子，会不会感到双倍的恶心？想到也许就在你饥渴地爱抚亲吻、用你昂扬的肉身进入她时，她体内已经埋下今日腐烂的种子，你难道不会感到毛骨悚然吗？你曾那么温柔地给流浪猫清洗伤口，也从不嫌弃生病老狗的恶臭，但连你自己都没意识到的是，人的疾病和伤残会让你感到恐怖。吉姆，我懂的。我非常确信，如果你还活着，你绝不会来这儿探望她。你根本没办法逼自己来。

乔治绕过屏风走进房间，制造出足够大的动静。多丽丝转过头来，看着他，并不惊讶。可能于她而言，现实和幻境的界限已经模糊，人影不断出现、消失。如果其中某个人过来扎她一针，也许她才能确定，这真是个护士。乔治也许是乔治，也许不是。方便起见，她暂且当他是乔治吧。有何不可呢？是或不是，又有什么关系？

“你好。”她打了个招呼。她病恹恹的黄脸上，眼睛是狂野的亮蓝色。

“你好，多丽丝。”

乔治已经好一阵子不再给她带鲜花或其他礼物了。他找不到任何有意义的东西能带进这个房间，连他自己都不算。她现在看重的东西全在这个病房里，她就在这里全心全意地等死。而她的全神贯注并没有显得以自我为中心，没有排斥乔治或任何想掺一脚的人。它的焦点是死亡，每个人都能参与，任何时候，任何年纪，无论健康或患病。

乔治坐在她旁边，握住她的手。如果是两个月以前，这动作会显得恶心而虚伪。(他最苦涩羞耻的记忆之一就是他曾经亲吻她的脸颊——是出于挑衅还是为了自虐？噢，去他妈的这些定义——就在他发现她和吉姆上过床之后。当时吉姆也在场。乔治走过去亲她时，吉姆的眼神惊恐不已，仿佛担心乔治会像蛇一样咬她一口。)但现在握住多丽丝的手不算虚情假意，甚至算不上同情。这是必要之举——他前几次探访时已经发觉——因为至少能有小范围的身体接触。而且，握着她的手，她的病痛也就不那么令人尴尬了；这姿态就像在说：我们都走在同一条路上，不久我也会跟过来。他借此省掉了那些可怕的病房问候语：你好吗？最近怎么样？感觉如何？

多丽丝虚弱地微笑着。是因为他的到访让她开心吗？

不是。她的笑里似乎有调侃的成分。她用极低的声音，但字字分明地说："昨天我叫得特别大声。"

乔治也微笑回应，等她讲到笑点。

"是昨天吗？"同样的语调，但这话是她在自问。她的眼睛不再看他；目光有点茫然，也有点害怕。现在，时间对她而言，一定已变成某种异常古怪的镜子迷宫，而迷宫能在瞬间从好玩变得惊悚。

现在，目光又回到他身上，刚才的茫然也消失了。"我叫得特别大声。走廊尽头都能听得清清楚楚。他们只能去叫医生。"多丽丝笑了。显然，笑点就在这里。

"是背疼吗？"乔治问。他努力不让声音里带着同情，于是语气显得一本正经，像某个土腔土调的人在拼命掩饰不够绅士的口音。多丽丝无视这个问题——她微皱着眉，思路又转到其他地方。"现在几点了？"她冷不丁问道。

"快三点了。"

两人又沉默良久。乔治觉得必须说点什么，什么都行："那天我去了趟码头。好多年没去了。你知道吗，他们把那座老溜冰场给拆了。多可惜啊。就像是他们不能放任任何东西保持原样。你还记得那个摊位吗，那个女算命师测字的摊位？那也没有了——"

他气馁地停了片刻。

现实无情地变换，记忆真能幸免于难吗？看来是可以的。他随意地从记忆里调出码头这一章，就像你从魔术师面前的桌子上随机挑出一张卡片——看哪，这张卡片注定归你。第一次见到多丽丝时，乔治和吉姆正在滑冰。(她当时和一个叫诺曼的男孩在一起，后来马上甩了他。)然后他们一起去测字。那个女人告诉吉姆，说他有潜在的音乐天赋，而多丽丝有那种能力，能激发别人好的一面——

她还记得吗？当然，她必须记得！乔治紧张地瞥了她一眼。她躺在那里看着天花板，眉头皱得更紧了。

“你刚才说几点了？”

“快三点，还差四分钟。”

“能帮我看看走廊外面吗？看有没有人在。”

他起身朝门走去，向外张望。但还没等他走到门口，她已经极不耐烦地追问：“有吗？”

“一个人也没有。”

“他妈的护士都去哪儿了？”这句话脱口而出，充满了赤裸裸的绝望。

“需要我去找她吗？”

“她知道我三点要打针，医生跟她交代过，她根本不上心。”

“我去找她过来。”

“那个贱人不准备好是不会过来的。”

"我保证能找到她。"

"不！留在这儿。"

"好吧。"

"快坐下。"

"好的。"他坐下了。他知道她想握着他的手，便把手伸过去。她一把抓住，力量惊人。

"乔治——"

"怎么？"

"你能待到护士来了再走吗？"

"当然可以。"

她抓得更紧了。这里面并没有感情，也没有交流。她不是在抓着一个同类。他的手只不过是某个此刻能抓住的东西。他不敢问她关于病痛的问题。他害怕这样的问题会释放出龌龊的恐惧，某种看得见摸得着、散发着恶臭的东西，就从他俩之间冒出来，就在这个房间里。

但他还是很好奇。上次来的时候，护士告诉他多丽丝最近都在见牧师。(她从小就是天主教徒。)当然，病床边的桌上还有一本小平装书——《苦路十四处》[①]，俗丽可爱得像圣诞贺卡。啊，当人

① *The Stations of the Cross*，描绘耶稣受难经过的十四幅画。

生的路收窄到只有眼前病床这么宽，当前路是一片未知，你怎敢鄙弃任何一位向导？也许多丽丝对即将踏上的旅程已有所了解。但即便她真知道点什么，即便乔治能鼓起勇气问她，她也永远无法传达了。因为那些信息只能用她即将踏足的那个世界的语言来传达。那种语言在我们的世界毫无意义，尽管有些人能脱口而出，但由我们的嘴说出来的，不过是大量的词汇罢了。

护士终于来了，微笑着站在门口。“你看，我今天很准时！”她端着的托盘里盛着注射器和针剂。

“那我先走了。”乔治说，马上起身。

“噢，你不用走。”护士说，“你只要在门外稍等片刻，很快就好。”

“我正好也该走了。”乔治说，怀着任何人离开病房时都有的负罪感。并不是多丽丝让他感到愧疚，她看上去已经对乔治完全丧失兴趣，死死地盯着护士手上的针。

“她可是个坏姑娘。”护士说，“我们喂她午饭，她也不肯吃，对吧？”

“好吧，再见了，多丽丝。我隔几天再来看你。”

“再见，乔治。”多丽丝看都没看他一眼，完全无动于衷。他正要离开她的世界，就此不复存在。他拿起她的手，握了一下。她没有反应。她正盯着缓缓移向她的亮闪闪的针头。

她是在最后告别吗？可能是，用不了多久。乔治走的时候从屏风上再看了她一眼，试图为自己的记忆留下这一幕，好让他意识到——或至少意识到其可能性——这是在她生前见的最后一面了。

什么都没有。完全没意义。他什么都感受不到。

就在刚才握多丽丝的手时，乔治明白，那个曾试图把吉姆从他身边抢走的多丽丝已经从这具干瘪的假人身上彻底消失，一同消失的还有他残存的恨意。只要一丝珍贵的恨意尚存，乔治就还能从她身上找到吉姆的遗迹。因为他们在墨西哥那几天，他也恨着吉姆，几乎和恨她的程度不相上下。那恨意一直是他和多丽丝之间的纽带。现在这纽带断了。于他而言，又有一小部分的吉姆永远离他而去了。

乔治驱车沿着大路开，大而笨重的麋鹿和铃铛吊饰以缆绳挂在夹道的金属圣诞树之间，随冷风摇摆。这些都只是本地商家花钱做的圣诞节广告。顾客在商店里、人行道上拥进拥出，脸上带点迷茫，眼睛像擦亮的纽扣，映出圣诞节愤世嫉俗的光芒。不到一个月前，当时赫鲁晓夫还没同意把导弹撤出古巴，也正是这些人挤满超市，扫空了货架上的豆子、大米和其他食物。躲进防空洞的话，这些食品大多毫无用处，因为不配上足量的水根本做不熟。好吧，现在都不用抢了。他们因此而开心吗？他们太迟钝，根本感受不到，这些可怜人，东西只要还没打在身上，他们统统感受不到。毫无疑问，经历了那次大抢购，现在能用来买礼物的钱变少了。但也够用。商家预测今年圣诞生意会不错。每个人都能多少买点东西，可能除了一些年轻的男妓（以乔治的老练，他一眼就能认出）之外——他们大都愁眉苦脸地站在街角，或者尽力用余光偷瞄着商店。

乔治早已不会去嘲讽这些同类。他们或许粗鲁、唯利是图、愚笨、不高级，但他依然为能作为他们的一员而骄傲、高兴，甚至近乎下流地庆幸，他们都是活着的人，是无与伦比的少数派。这些人行道上的同类并没有意识到自己的幸运，但乔治意识到了——至少有那么一小会儿——因为他刚从冷冰冰的多数派那里回来，那个多丽丝即将加入的多数派。

我还活着，他对自己说，我还活着！生命的能量、愉悦和欲望在他体内火热地奔涌。能停驻在一具身体里真好啊——即便是这样一具老旧的躯壳——这里有温暖的血液、活跃的精子、丰富的骨髓和健康的皮肉！毫无疑问，街角愁眉苦脸的年轻人只不过当他是个糟老头，最多是个潜在金主。他们的胳臂、肩膀和腰胯的力量在乔治身上也并非毫无踪迹可循。只要花点钱，他就能从他们中选一个上车，带回家，剥光他那男子气的皮夹克、紧身牛仔裤、衬衣和牛仔靴，然后和这位郁闷的裸体运动健将肉搏欢愉一场。但乔治并不想要这种买来的、不情愿的肉体。他想沉醉在自己的身体里。这具属于幸存者的旧皮囊，老当益壮、春风得意，活过了吉姆，也即将活过多丽丝。

他决定回家路上去一趟健身房，尽管今天不是平常去健身的日子。

更衣室里，乔治脱掉外套，换上运动袜、运动护裆和短裤。要穿件T恤吗？他从长方形镜子里打量自己。还不错。短裤腰带勒出来的那一大块肉今天也不太明显。腿也还不错。胸肌适当收紧的话，也不会下垂。而且，只要不戴眼镜，他就看不见手肘内侧、膝盖上方和因吸气而凹陷下去的腹部周围那些皮肤皱褶。脖子已经松弛了，皮肤耷拉着，哪怕光线再弱，哪怕他瞎了半边眼，也能看出这有多令人毛骨悚然；脖子像个根本守不住的军事要塞，已经被他彻底放弃。

即便如此，他完全清楚自己看起来比健身房里其他同龄人好多了。并不是说他们健康状况欠佳，相反，他们算得上健康的代表。他们的问题在于宿命式地接受了中老年状态，可耻地屈服于祖父的身份、即将到来的退休生活和高尔夫。乔治和他们不一样的原因很难一言以蔽之，但只要看到他的裸体就马上能明白：*他还没放弃！*他仍是参赛者，而他们已经不是。也许没什么更神秘的原因，只是虚荣赋予了他这种老男孩的派头。是的，在他的皱纹、松弛的皮肉、日渐花白的头发、板着脸昂首阔步的健旺背后，你能偶尔捕捉到另一个幽灵似的存在——他神态柔和、略带稚气、五官清秀。这个组合很诡异，它比中年本身更年长，但它的存在却是不争的事实。

阴沉地看向镜子，乔治苦涩地自嘲，你这个老东西，想勾引谁呢？然后他穿上T恤。

健身房里只有三个人，对上班族来说时间尚早。其中那个彪形大汉是巴克——现年五十的他曾是位橄榄球健将。跟他说话的卷发年轻人是瑞克，志向是朝小荧幕发展。巴克近乎全裸，圆滚滚的大肚子很不雅观地压在比基尼般的小短裤上，裤腰低得几乎能看到毛发。他似乎并不觉得羞耻。而练得一身好肌肉的瑞克却穿着灰色羊毛运动衫和运动长裤，从脖子到手腕和脚踝包得严严实实。“你好啊，乔治。”他们同时说，对他随意地点点头；乔治觉得这是他一天下来收到的最真诚的问候了。

巴克对运动史了如指掌，他是棒球击球率、足球赔率、纪录和得分方面的百科全书。他正说到某人如何在第七局击败对手，模仿那最后一击：“砰！砰！然后，好家伙，他赢了！”瑞克跨坐在长凳上听他说。这个地方永远都弥漫着闲适的气氛。瑞克这样的男孩会花三四个小时健身，然后把大部分时间耗在没完没了地聊娱乐圈八卦、跑车、足球和拳击上——奇怪的是，几乎没怎么聊过性，部分原因可能是怕影响那些常出入健身房的小孩子和十来岁少年的身心健康。瑞克跟成年人聊天时，常常自以为是，或带着演员的虚情假意；但跟孩子们在一起时，他像乡下佬一样自然，扮小丑，变戏法，还会一脸严肃地讲一个发生在长滩市的故事（附带详细地址）；那儿有个商店——每隔很长一段时间会毫无预兆地宣布当日为“减价日”，顾客只要消费超过一块钱便可免费获得一辆捷豹、保时捷或名爵。（其他时间，它就只是一间普通的古董店。）当孩子们嚷嚷着要看瑞克赚到的好车时，他会把他们带到外面，在街上找一辆好车指给他们看。一旦孩子们发现车上贴的登记证明上不是瑞克的名字，他就会发誓那才是他的真名；他进演艺圈时换过名字。孩子们也未必全然不信，但他们还是会大叫着说他是骗子、疯子，然后用小拳头捶他。瑞克则边笑边绕着健身房爬，像小狗一样。

乔治在其中一块斜板上躺下，准备做仰卧起坐。这是那种你总觉得自己需要，而身体却最不喜欢的运动项目。正当他调整好准备开始时，韦斯特走过来在他旁边的斜板上躺下。韦斯特大约十二三岁，身材苗条、举止优雅，就他的年纪来说算高个儿，有一双男孩才有的肤色金黄的光滑长腿。他个性温和而羞涩，在健身房走动的样子宛如梦游，对健身却很有恒心。毫无疑问，他觉得自己看上去骨瘦如柴，暗暗赌咒要练出虎背熊腰、一身肌肉。乔治说：“你好，韦。”韦斯特有点害羞，悄悄低声回应：“你好，乔治。”

然后韦斯特开始做仰卧起坐，乔治冲动之下剥掉身上的T恤，跟着他一起做起来。做着做着，乔治感到他们之间的共鸣越来越强烈。他们并不是在互相较劲，但韦斯特的年轻和敏捷似乎也感染了乔治，这借来的力量是巨大的。肌肉在抗议，乔治把注意力转向韦斯特一屈一伸的身体上，从中攫取力量，突破了平常的四十个仰卧起坐纪录，五十、六十、七十、八十。要不要冲刺一百呢？突然，他发现韦斯特停了下来，自己的力量也瞬间消失无踪。他也停了下来，气喘吁吁，但并不比韦斯特喘得更厉害。他们并排躺在那儿喘着气。韦斯特转过头看着乔治，明显有点惊讶。

"你一般都做多少个？"他问道。

"呃——看情况吧。"

"这运动真要命！天哪！"

在这儿，一切多么令人愉悦。要是人能一辈子都活在这轻松的肉身民主国该多好啊。这里没人抱怨、发脾气，也不会互相刺探。虚荣是理所当然的，哪怕在镜子前最肆无忌惮地摆造型大家也都见怪不怪。天神般的年轻棒球运动员向所有人袒露他正为自己脚踝不够粗壮而焦虑。大腹便便的银行家一边往脸上涂抹面霜，一边简洁明了地表示："我实在不能再变老了。"在这里，没有人是完美的，也没有人假装很完美。即使好几个挺有名的明星，在这里也一点架子没有。桑拿室里，最年轻的孩子和六七十岁的长辈坐在一起，心无杂念地裸裎相对，互相直呼其名。没有人因为长得太丑而被排斥，也不会有人因为漂亮而被另眼相看。想必在这里每个人都能呈现出比在外面更好的状态？

乔治今天异乎寻常地不愿离开健身房。他的运动量是平日的两倍，他在桑拿室里待了挺长时间，还洗了头发。

当他再回到大街上，已是日落时分。他此刻又做了一个突然的决定：不直接往海边开，而是绕个远路，从山里开回去。

为什么呢？部分是因为他想好好享受健身后才有的简单放松的心情。感受到身体的满足和感激真是太美妙了；尽管它会抗议，但它也喜欢被逼着做完那些运动。现在，至少有那么一小段时间，迷走神经不再抽搐，幽门消停了，患有关节炎的指头和膝盖也不再要求关注。不需要兴奋剂，不是非得恨谁不可，多么惬意啊。乔治希望能一路保持这份心情。

此外，他想再看一眼这些山丘，他已经好久没上来过了。好多年前，甚至在认识吉姆之前，乔治刚来加利福尼亚时，曾经常到这山里来。这里的荒野气息，这从城市里拔地而起的无人之境，深深吸引了他。作为一个外来客、入侵者，他为冒险涉足异国荒野而激动。他会在日落或破晓时分驱车上山，停好车，沿着防火步道往下走；冷不丁窥见鹿远远地在峡谷的灌木丛深处出没，停下来看看头顶盘旋的鹰，小心绕过正横穿小径的毛乎乎的狼蛛，跟着沙地上弯弯曲曲的痕迹走，直到发现盘成一团打盹的蛇。有时候，在半明半暗的黄昏，他还会碰上一群郊狼排成纵队，夹着尾巴朝他小跑过来。第一次遇到时，他还以为是狗，随后那些家伙一声不发，突然怪异地蹦跳着朝山下四散而逃。

但今天下午，乔治完全没感觉到那份多年前的激动和惊叹，从一开始，他就觉得哪里不对。陡峭蜿蜒的山路，以前看起来那么浪漫，现在只让人觉得别扭、危机四伏。他总在急转弯、视线不佳的拐角上跟人会车，不得不猛打转向；等开到山顶，轻松感已消磨殆尽。即便在这么高的地方，几十栋新房也拔地而起，这一带就要变成居民区了。的确，还剩那么几处无人居住的峡谷，但他也高兴不起来，山下的城市太显眼，让他觉得压抑。山的两边，从北到南，城市一直在蔓延，已经占据整个平原地区。牧地、农场，还有最后几片橘园都被它蚕食殆尽；周围的湖泊和高山地区的森林也被它耗尽了。很快，这个城市就得靠淡化海水过活。最终它会毁灭，用不着导弹来摧毁，也用不着冰河世纪再来冰冻，或是大地震把它撕碎后倒进太平洋。它会因过度扩张而毁灭。它会死去，因为它的主根已经干涸，力量源泉只剩下自以为是和贪婪。而沙漠，作为这片土地原本的自然生态，终究会回来。

唉，确信这一天终究会来，乔治是多么悲哀啊！他停下车，站在马路粗粝的黄土边沿上，旁边是一丛石兰；他一边撒尿，一边眺望洛杉矶，像一位悲伤的、预言末日将至的犹太先知。巴比伦大城倾倒了，倾倒了。但眼前这座城市谈不上伟大，它从来没伟大过，却也离倾倒不远了。

他拉上裤链，上车，继续行驶，心情跌至谷底。低垂的云聚集在山头，制造出一种伤感的北国风情，一如英国的威尔士；天光消退了，整片平原亮起人造珠宝般的万家灯火。顺山路蜿蜒而下，汇入日落大道，他离海已经很近了。

超市还开着，发出耀眼的光，不到午夜不会打烊。它的灯火通明让人们得以躲避孤独和黑暗。在这危险悬而未决的国度，你可以把生命中的数小时花在超市里，思考要吃些什么。噢，老天，这里种类太多了！那么多品牌，那么多绚丽的包装盒，每一个都在用美味向你许诺。货架上每件商品都在呼喊：买我吧，买我吧；它们不过用包装邀宠，就能让你觉得自己被需要，甚至备受倾慕。但你得当心——等你回到空空的房间，就会发现那假意逢迎的广告精灵欺骗了你；你手上拿着的不过是硬纸壳、玻璃纸和一点吃的。于是你什么胃口也没有了。

这明亮的地方并非真正的庇护所。潜伏在瓶瓶罐罐间的，是他曾和吉姆一起采购、煮饭、吃饭的那些鲜活得触目惊心的回忆，在乔治推着购物车经过时刺痛了他。如果我们从未独自用餐，能否体会到真正的孤独？

但如果我说，今晚我不要独自吃饭，那不是一样有致命的危险吗？无非是一段漫长堕落的开始——从就着柜台用餐、挨着吧台喝酒，到在家空腹灌酒，再到绝望和安眠药，最后因无可避免的药物过量而死。谁说我一定要勇敢呢？乔治自问。现在还有谁在依靠我？谁会在乎我？

有点太多愁善感了，他对自己说，试着把心思转向如何在大比目鱼、海鲈、切好的牛里脊和牛排中间做选择。这些东西全让他反胃，接着是突如其来的愤怒。去他的所有食物。去他的人生。他想扔下购物车，尽管里面已装满食物。但这么做会给店员添麻烦，而且其中一个店员还挺可爱的。另一个选择是，他自己把购物车里的所有东西依次放回原位，这项工程艰巨如赫拉克勒斯[1]的任务；悲伤像树懒，已经无可抗拒地攀附在他身上。它会陪着你爬上床，躺在你身边，直到你开始生病。

他只好推着推车去收银台，结了账，在通向停车场的出口处停下来，走进电话亭，拨通了电话。

---

① Hercules，希腊神话中宙斯之子，力大无穷。

“喂？”

“你好，夏莉。”

“乔——！”

“是这样——现在才改变主意会不会太迟了？今晚的安排。你看——你今早给我打电话的时候——我想着今天是有约的——但他们刚给我电话——”

“当然不会太迟！”她都懒得听他编造的借口。她的快乐通过缠绕的电话线立即传导给他，甚至比她的答复还快。这一瞬间，乔治和夏莉的心是相通的，像这个晚上又一对幸运的情侣，身处于所有孤独的漫游者之间。如果这时有收银员朝这边张望，他会看到乔治的脸在电话亭的玻璃隔间里发着光，洋溢着情人才有的喜悦。

“需要我带点什么过来吗？我在超市——”

“噢，不用——谢谢你，亲爱的乔！我家有很多吃的。最近我总是买得太多了，大概是因为——”

“那我待会儿就过来。我得先回一趟家。一会儿见——”

“噢，乔——真是太好了！再见！①”

但他就是个极度乖张的人，还没等把买的东西搬上车，他的心思又变了。我真的想去看她吗？他自问。然后追问，到底出于什么

① 原文为法语，Au revoir。

原因非见她不可？他开始想象一个人的夜晚，安稳地待在家里，为自己做点吃的，然后躺在书架旁边的沙发上，看看书，慢慢犯困。乍看之下，这个居家幸福的场面具有绝对的说服力和诱惑力。但片刻之后，乔治马上发现了那个让整个画面变得毫无意义的疏漏。画面里被遗漏的是吉姆，对着他躺在沙发那头，也在看书；两个人都沉浸在各自的书中，却全然了解彼此的存在。

回到家，他脱下西装，换上军品尾货店买的卡其衬衫、褪色的蓝色牛仔裤、鹿皮软鞋和毛衣。（他不止一次对这身装扮心存怀疑：会不会让人觉得他是在尽力扮年轻？但吉姆总跟他说，不会，这一身非常适合你——看上去像穿着便装的隆美尔[1]。乔治喜欢这个类比。）

正当他准备再次出门，门铃响了。这个时候会是谁呢？

斯特伦克太太！

（我又做了什么事惹得她上门抱怨呢？）

“噢，晚上好——”（毫无疑问，她很清楚自己已穿过国境桥、走进敌人的领地，显得很紧张，处处留心，非常警觉。）“我知道这有点突然。我——我们一直想问你——我知道你很忙——但我们又很

① Rommel（1891—1944），二战时期著名的德国陆军元帅，绰号“沙漠之狐”。

久没有一起聚聚了——我们在想——你会不会有时间，来我们家喝一杯？”

“你是说，现在？”

“呃，对啊。现在就我俩在家。”

“抱歉，非常抱歉。我现在正要出门。”

“噢，好吧。我就担心你不会有空。但——”

“别这么说。”乔治很认真地说。他颇为惊讶，又很高兴和感动：“我真的很想去，特别想。你看能否换个时间？”

“好啊，好，当然——”但斯特伦克太太并不相信他。她笑得有点落寞。乔治突然觉得必须说服她。

“我非常想去。要不明天？”

她脸色一变。“噢，明天，明天恐怕不是特别方便。是这样的，我们有几个朋友从圣费尔南多谷过来——”

他们一定会注意到我的怪异之处，这会让你们难堪，乔治暗想，好吧，好吧。

“我明白，没问题。”他说，“我们尽快再约，好吗？”

“噢，好的。”她热情地表示赞同，“尽快——”

夏洛特住在索莱达路，一条狭窄的上坡路，一到晚上两旁密密麻麻停满了车，会车几乎是不可能的事。要是等附近居民下班回家后你才到，差不多就得把车停在几个街区之外的坡底。但这对乔治来说不是问题，从他家走到夏莉家，连五分钟都不用。

夏洛特的房子高居半山腰，门前是侧斜的三层粗木楼梯，一共七十五级台阶。山坡下的路边有一间摇摇欲坠的棚屋，原本打算做车库用，却被她装着废物的旧行李箱和木箱塞得满满当当，直堆到天花板。吉姆曾说，她之所以一直把车库这样封堵着，就是要让自己没办法买车。在任何情况下，她都坚决拒绝学开车。如果她想去哪儿却找不到人载她，好吧，那没办法，她就去不成。但邻居对她几乎有求必应，对她的英式风情又敬畏又迷醉；乔治也很会用这一招，只是手法不同罢了。

夏洛特邻居的房子建在山坡下，当你沿着夏洛特家台阶往上爬时，能透过邻居家洗手间的窗子就近一瞥，看到脏乱的室内（必须坦承的是，比起樟树巷，索莱达路在社会阶层上低一等）：浴缸上挂满了内裤和尿布，淋浴头上挂着女用盥洗袋，地板上还扔着一根疏通管道的钢条。邻居家的孩子此刻一个也看不到，但你能看见，他们家旁近的山坡已被踩踏得硬如砖地，上面的活物只剩几棵仙人掌。斜坡顶端有个像绞刑架一样的装置，挂着打篮球用的网兜。

山坡上被夏洛特家占着的那片还能被称为花园。花园呈梯田状，一些玫瑰正开着。但它们被凄凉地忽略了；只要夏莉情绪低落，可怜的花儿也跟着一起受罪。长长的、带刺的幼枝任意缠绕在一起，其间杂草丛生。

乔治爬得很慢，一点都不着急。（只有非常年轻的时候才好意思气喘吁吁地敲人家门。）户外阶梯是这一带的特色。有些台阶上还留有放浪的早期居民涂上的标语，很明显是写给那些醉醺醺、手脚并用爬上来的客人看的：继续爬，别松劲儿。你身材已经走样了，锻炼去。嘿——你不能死在这儿！这儿可不是天堂！

这些台阶已经成为早期居民对其后继者的报复，主要针对现代家庭主妇。早期居民蔑视所有省力的工具。除非租台起重机，否则只能靠手提肩扛才能把东西运上来。冰箱、烤箱、浴缸以及其他所有家具，都是被那些一身蛮力的强壮工人一边不停咒骂一边生拉硬拽弄进夏莉家的。他们为此额外收了一大笔费用，还指望拿三倍的小费。

他快爬到顶的时候，夏莉正好迎了出来。跟往常一样，她一直在眼巴巴地等着他，而且无疑一直在担心他又临时变卦。他们在大门外摇摇欲坠的木制小门廊上拥抱了一下。乔治感觉她柔软丰腴的身体贴在他身上。然后她突然放开他，在他背上轻巧地拍了一下——恰到好处地暗示，她这次并不会热情得过火，她知道见好就收。

"快进来吧。"她说。

跟她进门之前，乔治回望了一眼这座小山谷之外，沙滩尽头那一线蜿蜒的栈道路灯，还有隐藏在幽暗处的大海。这是一个温柔的夜晚，没有风，层层海雾模糊了底下房屋的灯火。浓雾弥漫时，从门廊处根本看不见下面的房子，只剩下隐隐约约的灯光在雾里明灭，夏洛特的小窝就完美地遗世独立于此。

房子是一个简单的四方盒子，属于战后建的那批预制房。报纸曾对此类房子津津乐道，称其为未来民宅的典范，但如今它们也落伍了。客厅铺着榻榻米，装饰风格更像那种东方风情的礼品店。门边有个茶室灯笼，窗前挂着风铃，墙上钉着一个巨大的红色鲤鱼风筝和两幅卷轴画——其中一幅是日本画，一只狂暴的虎正对着一只俯冲的鹰（美国？）咆哮；另一幅里，一个神仙坐在树下，下巴上拖着六七根二十英尺长的胡须。三张低矮的沙发上胡乱扔着花哨的丝质靠垫，靠垫小到没什么实用价值，拿来打人却正合适。

“我说，我刚觉察到屋里的油烟味太可怕了！”夏洛特惊呼。的确如此。乔治礼貌地回应说这味道很好闻，都让他觉得饥肠辘辘了。

“其实我在尝试一种新的炖菜。我是从一本讲婆罗洲的超级棒的旅行游记——莫娜·卡斯特刚买给我的——得到的启发。只是作者写得有点含糊，我只好自由发挥了一小部分。我是说，他没有直接说出来，但我怀疑做这道菜时应该加点人肉。实际上，我加了之前没吃完的烤肉——”

她比乔治年轻很多——下次生日才满四十五——然而，跟他一样，她已然是个幸存者。她身上也有幸存者特有的那种典型的百折不挠的倔强。从照片上看，她曾经也算相当漂亮，大大的灰眼睛配上年轻柔和的肤色。而如今，她可怜的双颊已经浮肿泛红，那曾经蓬松地衬着脸蛋的迷人秀发也变得脏兮兮的。尽管如此，她还没放弃。她的穿着出位而古怪，虽不得体但也还算讨喜：一件用色大胆的乡村风绣花短上衣，有红色、黄色和紫色，袖子卷到肘部；一条吉卜赛风格的墨西哥裙，看上去像缠在腰间的毯子；再加上饰有银色铆钉的牛仔皮带——这只能凸显她身材的走样。噢，如果她非要光脚穿凉鞋，为什么就不能涂上指甲油呢？（可能是残存的苏格兰中部中产阶级清教徒意识在作怪。）有一次因为她类似的装扮，吉姆揶揄她说：“我看你已经接受我们本土风格的服装了，夏莉。”她当时一笑而过，丝毫不以为忤，实际上是没听懂弦外之音，到现在也没有。她以为加利福尼亚的休闲装就该这样穿，且丝毫看不出自己跟隔壁皮博迪太太的着装有何差别。

“我跟你说过吧，乔——应该还没有；我有两项新年计划——它们即刻生效。第一，我决心承认我就是讨厌波旁。（她字正腔圆地说出来，像在说一个王朝，而不是一种酒。）自从来到这个国家，我一直装着并不讨厌它——就因为巴迪喜欢。但现实点吧，何必自欺欺人呢？”她给了乔治一个勇敢而明快的笑容，让他放心这不是一场“巴迪忧郁”狂轰滥炸的前奏，然后紧接着说下去：“第二，我决心不再否认那个令人愤怒的指控。女人调的酒是太烈了。去他的！我想这是因为女人太急于讨好别人……来，让我们开启新的篇章吧，好吗？你来负责调酒。我要伏特加兑汤力水。谢谢。”

显然，在乔治来之前，她已经喝过几杯了，点烟时笨手笨脚的。（一如既往，那个印度尼西亚烟灰缸里积满了沾了口红的烟蒂。）她领着乔治朝厨房走去，脚步踉跄，甚至有点跛，看得出她患有风湿，而这病带给她不少艰辛。

“你今晚能过来真是太好了，乔。”

他恰如其分地微笑了一下，没有说话。

“你为此取消了其他约会，是吗？”

“不是！我在电话里告诉你了——是别人取消的，在最后一秒。”

“噢，亲爱的乔，得了吧！你知道吗，我常会想，你这个人，每当做点什么让人觉得甜蜜的事之后，自己总会害羞！你明知道我今晚多么需要你，所以你取消了别的约会。我能分辨你那些小谎话，你一开口我就知道！很早以前我就发觉——你我都骗不了对方。都这么多年了，你还没发现？”

“我的确早该发现。”他笑着表示赞同，暗想，“你最好的朋友必然是世上最了解你的人”这个荒谬的“公理”完全就是狗屁。这世上的默契已经多到泛滥；首先就是恋人间的默契，在歌曲和小说里被大肆标榜，实际上却是一种需要频繁分离或争吵才能忍受下来的折磨。亲爱的老夏莉，他在她脏乱的厨房里一边调酒一边想，要不是你恰好缺少洞察力，我又怎能熬过这些年？有多少次，我和吉姆闹别扭期间一起过来找你———两个人都郁郁寡欢，不和对方对视，只通过你来跟对方沟通——不正是你对异常的浑然不觉让我们重修旧好？

此刻，就在乔治给她倒伏特加（给她少倒点，以防她不胜酒力）、给自己倒苏格兰威士忌（给自己多倒点，跟上她的节奏）的时候，他开始感受到一种绝对神秘、无关感官的滋味——不是极乐，不是狂喜，不是愉悦——只是单纯的快乐——das Glück, le bonheur, la felicidad[①]——他们给了"快乐"三种词性，尽管不情愿，但你不得不承认西班牙语是对的，快乐通常属于阴性，也就是说，幸福是由女性创造的。夏莉曾无数次创造快乐，还是在她自己都那么痛苦的情况下；毫无疑问，她对自己能创造快乐这件事浑然不觉。对乔治来说，他的快乐可以是种极度的自私；他完全可以不受干扰地自得其乐，哪怕夏莉正在经历"巴迪忧郁"或"弗雷德危机"（显然，今晚的弗雷德危机已在酝酿中）。有时不走运，你会被她的焦虑感染，变得一点都不开心，那真是无聊透顶。但今晚不行。今晚他准备好好享受。

① 分别为德文、法文、西班牙文的"快乐"，词性分别是中性、阳性、阴性。

夏洛特这时打开烤箱瞅了眼，又关上烤箱门，像个大厨一样，自信满满地宣布："再等二十分钟。"乔治敢对天发誓，她离大厨还差得远呢。

他们端着酒杯往客厅走时，她告诉他："弗雷德给我打电话了，昨天半夜。"语气轻描淡写却暗含危机。

"是吗？"乔治努力装得足够吃惊，"他现在在哪儿？"

"帕洛阿尔托。[①]"夏洛特在鲤鱼风筝下面的沙发上坐下，刻意营造出戏剧效果，好像她刚才说的是"西伯利亚"。

"帕洛阿尔托——他以前就在那儿待过，对吧？"

"他当然待过。就是那个女的住的地方。他自然是跟她在一块儿……我得学着不要用'那个女的'来称呼她。她有个好听的名字，我也很难一直假装我不知道：洛蕾塔·马库斯……不管怎么说，弗雷德跟谁在一起也好，她对弗雷德怎样也好，都与我无关。她妈妈好像也不在乎。好吧，无所谓，这些都无所谓……我和弗雷德聊了很久。这一次他挺乖，对整个情况表现得也很理智。至少，我能感觉出他在尽力保持理智……乔，这样下去根本没有任何好处。他已经下定决心了，真的。他想跟我彻底断绝关系。"

她的声音抖得令人心慌。"他还是太年轻了。"乔治的话连他自

① Palo Alto，加利福尼亚的一座城市。

己都不信。

“他这个年纪已经够成熟了。即便是两年前，在别无选择的情况下，他也能照顾自己。不能因为他现在还未成年，就把他当孩子看——我是说，用法律强迫他回来。而且，如果我这样做，他永远不会原谅我——”

“在这之前，他也曾改变心意。”

“噢，我知道。我也知道你觉得他对我态度不好，乔。你这样想我也不怪你。我是说，你自然会站在我这边。而且你自己也没养过孩子……你不介意我这样说吧，亲爱的乔？噢，对不起——”

“别傻了，夏莉。”

“即便你有孩子，也跟我的情况不一样。这种母子之间的事啊——我是说，特别是在没有父亲的情况下把他带大——那真是地狱。我是说，你试了又试——但好像你做的每一件事、说的每一句话最后都变成错的。我令他窒息——他曾跟我说过一次。最开始我不理解——我就是不能接受——现在我懂了，我得，坦白说我觉得应该让他离我远远的，他应该有自己的生活——哪怕他求我，我很长时间内都不该见他了——很抱歉，乔——我不是有意要说这些的——很抱歉——”

乔治靠近她，伸出一只胳膊搂住这个抽泣着的饱满的身体，轻轻抱了抱，什么话都没说。他不是冷血，也不是不为所动。他真心为夏莉、为这个烂摊子感到难过——与此同时，单纯的快乐依然完好无损；他很享受现在的放松。他用另一只手端起酒杯喝了一口，小心翼翼地没让这个动作被身体另一边的人发觉。

非常奇怪的是，坐在这里，身旁是抽泣的夏莉，竟然让他想起很久之前，一通电话从俄亥俄打过来的那个夜晚。他从没见过的吉姆的某个舅舅——尽可能表达着同情，甚至为乔治在他们神圣的家族丧礼中保留了一个荣誉席位——在听到电话里乔治简短的“是，我知道，好的”，和同样简短、拒绝葬礼邀请的“不用，谢谢”时渐渐冷淡下来，认定这个常常被吉姆提起的室友终究不是多么亲近的朋友……在乔治挂掉电话五分钟后，第一波冲击袭来，这个毫无意义的消息突然传达出确切的信息，他跌跌撞撞、气喘吁吁地摸黑跑上山，踉跄着爬上楼梯，猛捶夏莉的大门，在她肩头大哭，伏在她腿上抽噎，在她家嘶吼嚎叫；夏莉搂着他，抚摸他的头发，跟他说些大家在这种情况下都会说的话……第二天下午，当他从夏莉给他的安眠药带来的昏睡中醒过来，他只感到恶心：我背叛了你，吉姆；我背叛了我们共同的生活；我为了一个女人的安慰把你变成了一个煽情故事。但那只是歇斯底里，是第二次冲击的一部分，很快就会过去。而夏莉，老天保佑这个小笨蛋，越来越彻底地掌控了全局——给他做饭，在他出门时把做好的饭送到他家，用锡纸包好以方便加热；给他留条子，说只要觉得需要，随时给她打电话，再晚都没关系；对她所有朋友封锁消息，她口风太紧，以至于他们必然会怀疑吉姆是因为什么性丑闻逃出了加州——直到最后，她干脆把吉姆的死编成一出她自创的爆笑闹剧。(想到这里，乔治暗自发笑。)是啊，他很庆幸那晚跑来了这里。那晚，在浑然不觉的情况下，夏洛特为他上了终生难忘的一课——无论如何尝试，他永远也无法背叛(这个愚蠢的表达！)吉姆，或是背叛和吉姆在一起的生活。

眼下，夏洛特哭着哭着也冷静下来。她抽了几下鼻子，又说了一次“对不起”，然后停止哭泣。

“我一直在想，这一切到底是什么时候开始偏离正轨的——”

“噢，夏莉，看在老天的分上，想这些有什么意义呢？”

“当然有，如果巴迪和我还在一块儿——”

“没人能说这是你的错。”

“永远是双方的错。”

“你最近还跟他有联系吗？”

“有的，经常联系。他们还住在斯克兰顿。他丢了工作。黛比刚生下第三胎——又是女儿。我都不知道他们要怎么办。我曾试着让他不要再寄钱过来，哪怕是给弗雷德的。但他太顽固了，那个可怜的小羊羔，尤其是他把一件事认定为自己的责任时。好吧，从现在开始，我估计他得去跟弗雷德解决钱的事了。我跟这些事已经无关了——”

气氛冷了一会儿。乔治鼓励地拍了拍她的肩。“菜炖好之前我们赶紧再喝几杯吧？”

“我觉得这主意非常高明！”她开心地笑了。当他把酒杯从她手上接过来时，她突然又回到了悲痛的情绪里，使劲握了握他的手：“你真对我太好了，乔。”她眼里满是泪水。他很得体地假装没看到这些眼泪，然后走开了。

如果被卡车撞上的是我，他进厨房时对自己说，今晚站在这里的就会是吉姆，他也会走过这道门，手里拿着两只酒杯。事情就是这么简单。

“好了，”夏洛特说，“只剩下我俩，只有你和我。”

他们喝着餐后咖啡。那道炖菜取得了相当大的成功，尽管它和夏洛特其他的炖菜没什么明显区别，跟婆罗洲也只是纯粹字面上的关联。

“只剩下我俩。”她又重复了一遍。

乔治朝她含混地笑了一下，不太确定这话题要引向什么地方，或者只是酒酣之际的真情流露。他们已经差不多喝了一瓶半。

接着，她若有所思地慢慢补充说：“我想这两天，我得着手把弗雷德的房间清空。”好像这只是一个女人无关紧要的遐想。

又是一阵沉默。

“我是说，不这么做，我永远不会相信事情真的结束了。你得做点事才能说服自己。你懂我的意思吧？”

“是，夏莉，我懂。”

“当然，我得把弗雷德还用得上的东西给他寄过去。剩下的可以都收起来。地下室还有空间。”

“你是要把他的房间租出去？”乔治问——反正她正把话题朝一个方向引，不如直截了当说出来。

“噢，不。我不大可能那样做……当然，无论如何也不能租给陌生人。这房间不能给租客真正的隐私。只能给自家人住——噢，亲爱的，我不能再老说自家人了——这个习惯一时还改不过来……你能明白吧，乔。这得是一个我最熟悉的人——”

“我能理解。”

“你知道的，你和我——说来好笑——我们的处境一样。我们的房子太小，独居又嫌太大。”

“这取决于你从哪个角度来看。”

“是的……亲爱的乔——我能问你个问题吗——不是我要刺探，或别的什么——”

“说吧。”

“既然——呃，既然事情已经过去挺久了——你还觉得自己想独居吗？”

“我从来不想独居，夏莉。”

“噢，我知道！原谅我。我不是那个意思——”

“我知道你不是那个意思。别放心上。”

“当然，我理解你对那房子的感情……你从没想过搬走，对吗？”

“没有——没有认真想过。”

“没有——”（声音带点伤感。）“我猜你也不会。我想——只要你还住在里面——你觉得离吉姆更近，是这样吗？”

“可能是这个原因。”

她伸过手来，久久地握了一阵他的手，表示深深的理解。然后，她把烟摁灭。（她勇敢起来，必须打起精神。）她轻快地说：“能再给我们倒点酒吗，乔？”

“先把盘子洗了。”

“噢，亲爱的，先放那儿吧。我明天早上会洗。我是说，我愿意那样，让自己有点事情做。就这么几个盘子——”

“别争了，夏莉！你要不来帮我，我就一个人洗。”

“噢，乔——”

半小时后，他们又回到客厅，又是人手一杯酒。

“你怎么能假装你不爱那儿呢？”她用一种娇嗔的语气揶揄道，“你很怀念——你希望能回到那儿——你知道你想！”这是她最喜欢的话题之一。

“我没有假装什么。夏莉，看在老天的分上！你一直忽略一个事实，那就是我回去过好几次，而你一次都没有……我绝对愿意承认，我每回去一次都更喜欢那里。实际上，即便现在，我还认为英国可能是世界上最伟大的国家——那样无与伦比的多元混合体。什么都在变，然而什么也都没变——我应该没告诉过你，去年盛夏，我和吉姆去的时候，你记得吧，我们横穿科茨沃尔德丘陵。某天早晨，我们坐着小小的支线火车，在一个如丁尼生诗里描绘的小村子下了车——四面是静谧的草场、懒洋洋的奶牛、咕咕叫的鸽子、古老的榆树，以及树木间掩映的伊丽莎白时期的庄园。站台上有两个站务员，穿得和十九世纪的站务员一模一样，不同的是他们是来自特立尼达岛的黑人，而门口的检票员是个中国人。我都快笑死了。我是说，一直以来英国缺少的正是这种色彩。现在整个地方终于变得完美了——”

“我不太确定要怎么去欣赏这点。”夏洛特说。如他所料，她的浪漫主义受到了一次冲击。其实，他就是拿这个故事来逗她。但她可不会气馁，她还要继续。她正处在一种白日梦般的微醺状态里。“之后你们北上了，对吧？”她提示他，“去看你出生的那座房子？”

“是的。”

“快跟我说说！”

“噢，夏莉——我都跟你说过几十次了！”

“再说一次嘛，求求你，乔！”

她像个孩子一样坚持不懈；乔治几乎无法拒绝她，尤其是在喝了点酒之后。

“那儿曾经是个农舍，你知道的，在一六四九年建成——就是查理一世被砍头的那年。”

“一六四九年！噢，乔——简直无法想象！”

“周围还有几个更古老的农场……当然，那儿也有很多变化。现在的房主是曼彻斯特的一个电视制作人，他基本上已经把内部拆掉重建了，建了一座新楼梯，增加一间浴室，翻新了厨房。最近他们还写信告诉我，说装了中央供暖系统——”

“太可怕了！就该有部法律来制止他们毁掉这些漂亮的老房子。那种什么都追求现代化的疯狂，我猜是在美国染上的。”

“别傻了，亲爱的夏莉！那房子不整修根本没法儿住人。建房用的是当地石材，好像能把空气里每一点水汽都吸进去。那里的气候潮湿阴冷。即便在夏天，墙壁也是湿答答的；冬天，一走进几天没生火的房间，你会发现里面像死亡一样冰冷。地窖闻起来像墓穴。书本会长霉，墙纸会一直往下掉，相框的底板也布满霉斑——”

“不管你怎么形容它，亲爱的，你总是让它有种不可思议的浪漫气质，就像《呼啸山庄》。”

“实际上，那儿现在差不多算市郊了。沿小路走不了几步就到了主路上，每二十分钟就有一趟公共汽车去曼彻斯特。”

“你不是说那栋房子在沼泽高地边上吗？”

“嗯，是的，是建在那儿没错，所以才显得古怪，有点像同时身处两个世界……如果从我出生的那个房间往屋后望，风景和我小时候简直完全一样，几乎看不到什么房子，只有空旷的山丘，上面有绵延的石墙，几座灰白的农庄点缀其间。当然，在我出生之前，很早很早的时候，环绕着那些古老农场的树就已经种下，山脊上的风很大，树能防风——那些高大的山毛榉，会发出沸腾般的声音，又像海浪——那是我最早记得的一种声音。有时我会好奇，也许这就是我总愿意住海边的原因——”

乔治偶尔会这样。为了安抚夏莉，他开始施展魔法；现在这魔法也迷住了他。他自己很清楚——但这有什么不好呢？毕竟挺有趣的。为酒醉增加了新的乐趣。反正现在听众只有夏莉一个！她深深地叹了口气，带着同情，也带着愉悦；一种沉溺的愉悦，尤其是当别人承认他也一起沉醉其中。

“沼泽高地上有一间小酒吧，是全村最后一栋房子——就建在山边一条年代久远的土路旁，那路现在几乎没人走了。我和吉姆晚上去过那儿。酒吧叫‘农场男孩’。大厅天花板看起来又矮又重，你知道的，被扭曲的橡木梁柱撑着。屋里还有一个大壁炉。一些狐狸皮面具挂在墙上。还有一张版画，是维多利亚女王骑着马立在高地上——”

夏洛特开心极了，甚至鼓起掌来。“乔！噢，你说的这一切我都能看到！”

“我们在那儿的某个晚上，因为是吉姆生日，他们开到特别晚——把外面的门关上，里面继续喝酒。太惬意了，简直不可思议！我们一杯接一杯地喝着健力士黑啤，就因为超时售酒不合法，我们喝得比预计多很多。当时还有一个‘人物’——他们都这么叫他，‘噢，他是个人物，绝对是！’——他叫雷克斯，有点像个乡下粗汉。他给农场干体力活儿，但只在迫不得已时才去。为了吸引注意，刚开始跟我们说话时，他用一种高高在上的口吻。他跟吉姆说：‘你们这些美国佬都活在幻想世界里！’后来他变得友好多了。当我们醉醺醺地走在回旅馆的路上，雷克斯和我还发现了不少共同点；我们都背得出纽博尔特[①]的《生命的火种》，因为学校教过。于是我们开始大声吼：‘加油，加油，打赢这场仗！’背到第二段沙漠的沙子被血染红的时候，我说：‘上校卡壳，加特林机枪阵亡。’雷克

① Henry Newbolt (1862—1938)，英国诗人、小说家和历史学家。

斯认为这称得上是年度笑话，吉姆则一屁股坐在路中央，低着头，用手捂住脸，发出一声吓人的呻吟——”

“啊，他不开心吗？”

“吉姆，不开心？他都快开心死了！我都怀疑自己没法把他从英国弄走。你知道吗，他疯狂地爱上了那间酒吧。我得承认，酒吧其余部分也很吸引人。二楼有个起居室，绝对可以利用起来。还有个不算小的花园。吉姆想我们一起把它买下来，就在那儿常住，一起经营。”

“多好的主意啊！噢，最后没成真是太可惜了！”

“实际上并非完全不可能。我们打探了一下。我觉得能说服他们出售。毫无疑问吉姆可以接手酒吧运营，就像他做其他任何事情一样。当然，肯定会有非常多的官方手续，各种许可证之类……噢，对了，我们还讨论过，本打算今年再去一趟，深入了解一下整个流程——”

“你会不会觉得——我是说，如果吉姆还在——你们真的会买下那儿去定居吗？”

“噢，谁知道呢？我们经常做类似的计划，却几乎没跟别人提起过，即使对你。也许是因为我们心底知道这些计划都很疯狂。但话说回来，我们确实做过不少疯狂的事，对吧？我们永远不会知道，现在……亲爱的夏洛特，我们都需要再喝一杯。”

忽然间，他意识到夏洛特在说："我猜，对男人来说，这不一样——"

（什么不一样？他刚才是不是恍惚了几秒？乔治摇摇头，清醒一下。）

"你知道吗，我曾经以为巴迪就是这样的人。他可以四海为家，在某个蛮荒之地跋涉几百公里，然后突然选个地方安营扎寨，给那块地命名，于是那地方就成了'某地'，只因为他说了算。毕竟，就在不久之前，拓荒者们不也是这样在这里落地生根的吗？这些都融在巴迪的血液里——现在估计也早没有了。黛比肯定不能容忍这样的事情……不，乔，我发誓，我真不是在抱怨！时间长了我也忍不了。女人就是那样——我们会牢牢守住我们的根。我们可以被移植——但必须被一个男人移植，而当他这样做了之后，就得跟我们待在一起，然后枯萎——不，我是说浇水——我是说，新长出来的根如果没人浇水，就一定会枯萎——"她的语气越来越沉重，突然晃了晃脑袋，像乔治几分钟前做的那样，"我这样说有道理吗？"

"有道理，夏洛特。你是想告诉我，你准备回英格兰？"

"你是说，回家？"

"你确定那儿还是家吗？"

"噢，亲爱的——我什么都不能确定——但是——现在弗雷德也不需要我了——乔，你告诉我，我还留在这儿干什么呢？”

“你还有很多朋友啊。”

“我当然有朋友，他们真的都很可爱，皮博迪一家和盖芬一家，尤其是杰里和弗洛拉，我还特别喜欢默纳·卡斯特。但他们都不需要我。没有一个人会让我因为离开而产生负罪感……现在，乔，说实在的——这儿有谁，任何一个人，我应该为离开他而感到内疚？”

还有我。不，他不能这样说。即使在喝醉时，这样的甜言蜜语对他们已经没有意义了。“负罪感并不是去或留的理由。”他坚定而和蔼地告诉她，“关键是，你自己想不想走？如果你想走，就应该走。不用在意别人。”

夏莉伤心地点点头。“是的，我想你是对的。”

乔治走进厨房，又倒了两杯酒。（他们好像越喝越快。这真该是最后一杯了。）当他再从厨房出来，她紧握双手坐在那儿，凝视着前方。“我觉得我应该回去，乔。我害怕回去——但我开始觉得，我真的应该回去。”

“你为什么会害怕？”

“某些方面让我害怕。比如说，南在那儿。”

“你不是非得跟她住一起，对吧？”

“不是非得如此。但我会，我肯定会。”

“但是，夏莉——我之前总有一个印象，你们讨厌对方。”

“也不能算讨厌。不管怎么说，在一个家庭里，这不是最重要的——我是说，这种好恶不是重点。很难跟你解释，乔，因为你从很小的时候起就没有家庭，不是吗？不，我不会用‘讨厌’这个词。只不过，我刚认识巴迪的时候，南发现我们睡在了一起，那时她绝对是恨我的。我是说，她恨我的幸运。当然，在那个年代，巴迪是大家的梦中情人。任何一个姐妹都会嫉妒。但这不是她恨我的主要原因。她耿耿于怀的是巴迪是退伍兵，婚后准备带我回美国定居。南一直想来美国，你看——经历了战乱、物资短缺这些事情之后，多少女孩想来美国——但她死也不会承认的。她觉得哪怕在心里想想，也是对英国不忠。我相信，她宁可承认是嫉妒我嫁给巴迪，也不肯承认想移民！是不是太好笑了？”

“她知道你跟巴迪已经分开了吧？”

“噢，是啊，我第一时间告诉了她，否则要是她自己发现，或者消息莫名其妙地传到她耳朵里，那就太难堪了……所以我写信告诉她，她也回信了，信很恶劣，字里行间尽是幸灾乐祸，暗示着：这下子你不得不回来了，回到你背弃过的祖国。我当然大发雷霆——你知道我的！——马上回信说我在这边非常幸福，而且永永远远不会再踏足她那个乏味的小岛。噢，回信之后——我没跟你透露这些，太尴尬了——我有种可怕的负罪感，于是开始给她寄东西；你知道的，从比弗利山庄精品店里买的熟食，各种奶酪，瓶瓶罐罐。实际上，在这个所谓的富足之邦，我自己也用不起这些奢侈品！我真是蠢到家了，都没停下来想想，这样送东西会不会得罪人！实际上对她来说这是正中下怀。我是说，有一段时间，她任由我不停给她寄那些东西——肯定都被她吃了——然后将我一军，问我，大战都结束好一段时间了，英国早不需要援助了，难道你们美国人还不知道吗？”

“真是个迷人的姑娘。”

“不，乔——在这些表象之下，南是爱我的。她只是想让我从她的角度看问题。你知道的，她比我大两岁；在我们小时候这很了不得。我一直觉得，某种程度上，她就像一条路——我是说，她指向某个地方。和她在一起，我永远不会迷路……你明白我想说的吗？”

“不明白。”

“好吧，没关系……关于回家，还有一个问题——过去，各种和南牵扯在一起的过去。好像又回到了我当初偏离正轨的那个路口，你明白吗？”

“过去的都已经过去了。”

“噢，真是的——你怎么能这么烦人！”

“不，夏莉，我是认真的。过去的已经过去。人们假装它不会结束，把旧东西都陈列在博物馆里，但那些东西不是过去。你在英国也找不回过去。在任何地方都一样。”

“噢，你太讨厌了！”

“听着，为什么不先回去看看呢？如果你愿意的话，见见南。但看在上帝的分儿上，先别做任何承诺。”

“不——如果我回去，就不再回来了。”

“为什么？”

“我再也受不了犹豫不决了。这次我得破釜沉舟。我以为当年跟着巴迪来到美国，就算是跟过去一刀两断。可这次，我必须得——”

“噢，看在老天的分儿上！”

“我知道我会发现一切都变了。我知道那儿会有很多我讨厌的东西。我知道我会想念这里的超市、人工服务和各种便利。习惯了加州的气候，回到那儿我可能会一场接一场地感冒。而且我猜你是对的——和南住在一起，会很悲惨……那我也没有办法。至少，到了那儿之后，我会弄清楚自己的位置。”

“我这辈子从没听过这种受虐狂的胡言乱语。”

“噢，是的，我知道听起来像自虐。也许就是！你不觉得自虐就是我们表达爱国的方式吗？或者应该反过来才对？太有意思了！亲爱的，我们不该再来一杯吗？为老英格兰的受虐狂干杯！”

“算了吧，亲爱的，该睡觉了。”

“乔——你要走了！”

“我该走了，夏莉。”

“那我们下次什么时候见？”

“很快。除非你马上就启程回英国。”

“噢，别笑话我！你非常清楚我不会的！光为这个做准备，也得拖上好几年……也许我永远不会回去。我怎么应付得了打包、告别那些劳神费力的事。我大概永远也回不去了——”

“我们下次细说。以后时间多的是……晚安，亲爱的夏莉。”

他俯身要亲她时，她正好起身。他们笨拙地相撞，几乎摔倒在地。他尽力扶稳她，自己却晃悠着。

“我真不想离开你，乔。”

“那就不要离开。”

“你刚才那样说！我不相信你在乎我是否离开。”

“我当然在乎！”

“真的？”

“真的！”

“乔？”

“怎么了，夏莉？”

“我认为吉姆不会愿意我把你一个人留在这里。”

“那就别离开我。”

“不——我是认真的！你还记得我俩开车去旧金山吗？去年九月，你刚从英国回来不久——”

“记得。”

“那天吉姆没跟我们一起去。我忘了什么原因。他第二天飞过来跟我们会合……好吧，反正，就在你和我要上车时，吉姆跟我说了一些话。一些我永远不会忘记的话……我跟你说过吗？”

“应该没有。”（她至少说过六次了，每次都是醉得很厉害的时候。）

“他跟我说，你们好好照顾彼此。”

“他这么说的？”

“是的，是这么说的。一字不差。还有，乔，我相信他的意思不只是互相照顾，还有别的意思——”

“还有什么意思？”

“只差不到两个月，对吗？离他启程去俄亥俄……我相信他说互相照顾，因为他知道——”

她稍微晃了一下，凝视着他，眼神真挚却有点模糊，好像她是条鱼，透过她今晚喝过的那些酒，仰望着他。“你相信吗，乔？”

“我们怎么判断他知道什么，夏莉？至于我们互相照顾，这肯定是他所希望的。”乔治把手放在她肩上，“现在我们应该嘱咐对方，该去睡觉了，对吧？”

“不，等等——”她像个孩子，用提问来拖延上床睡觉的时间，“你觉得那个酒吧还在出售吗？”

“我猜是吧……那只是个想法！要不我们把它买下来吧，夏莉。你觉得怎样？我们能一边喝酒一边挣钱，可比跟南一起住有意思多了。”

“噢，亲爱的，那太好了！你觉得我们真能买下来吗？不——你不是认真的，对吧？我看你就不是。千万别说你不是认真的。让我们计划起来吧，就像你和吉姆曾经做的。他也会希望我们继续这个计划，对吧？”

“当然，他会的……晚安，夏莉。”

“晚安，乔，我的爱人——”他们拥抱时，她深深地吻他的嘴，然后突然把舌头伸了进去。她过去常这样做。这是某种酒后的孤注一掷，至少在理论上，有千分之一的成功概率，能让一种关系偏离常轨，呼啸着驶向另一种关系。女人为什么就不肯放弃呢？她们不会放弃。然而，就因为从不死心，她们学会了怎样做一个好的失败者。他适当停顿了一下，开始往回退，她也没再试图纠缠。现在她完全接受了他要走的现实。他在她额头上亲了一下。她像个最终屈服、乖乖被放进小床的孩子。

“睡个好觉。”

乔治转过身，拉开大门，往外猛跨一步——哎哟——差点栽跟头，这一下肯定能滚到楼梯最底下——噢，甚至是更难以想象的远——十、五十、一百万英尺，直到无底的黑暗里去。幸好他抓着门把的那只手救了他。

他醉醺醺地转过身对夏莉笑了笑，心脏怦怦乱跳；幸好她已经走开了，没看到他刚才的蠢事。真是上天庇佑，要是她看见了，一定会坚持留他过夜。那就意味着，好吧，至少第二天的早餐会拖延成早午餐；意味着更多的酒；更意味着接下来的午睡和晚餐，以及随后越来越多酒……这样的事以前发生过很多次。

这次他逃脱了。此刻他像贼一样轻轻关上房门，在第一级台阶上坐下来，深吸一口气，然后冷静而严厉地和自己对话。你喝醉了。噢，你这个傻乎乎的老东西，怎么敢喝成这样？好吧，现在听着：我们要非常慢地走下这些台阶，走到马路上，直接回家，上楼，躺床上，甚至不用刷牙了。好了，听明白了吗？来，我们走——

一切顺利。

然而，踏上家门口的小桥时，乔治突然转了个弯，摆脱大脑皮层的监护，像个扭动着挣脱大人管束的孩子，大笑着沿马路朝大海的方向跑了过去。这样的情况，又该如何解释呢？

小跑着从樟树巷到拉斯翁达斯街，他看到海湾那头，海滨高速路转角的地方，右舷酒吧舷窗形的窗子里透出绿色灯光，闪耀着，像是在招呼他。

早在殖民时期，右舷酒吧就已经存在了。它的前身是小餐馆，禁酒令结束之后率先在这一带卖啤酒；吧台后面的大镜子还时不时有幸照见过西部片巨星汤姆·米克斯。它最好的时光还在后头。一九四五年的夏天啊！战争已进入尾声。拉闸停电不过是为店里群交打掩护的手段。吧台上方的一幅大标语写着“一旦受到袭击，本店立刻打烊”。当然，这是句玩笑话。然而就在海湾那边，帕洛斯弗迪斯悬崖下面深深的海底，还躺着一艘真正的日军潜艇，里面全是真正的日军尸体。他们在加州海岸炸沉两三艘船之后，自己也被深水炸弹击中了。

你拉开门口的遮光布帘，用肘在沙丁鱼罐头般的人群中挤出条路来，四周烟雾缭绕，几乎令你无法呼吸。这儿，在喧嚣的人群里，你有绝对的隐私，可以和勾搭上的那位明目张胆地开始相互挑逗。你可以调情，但不能打架；这儿连挥拳打人的空间都没有。所以，要打架，得去外面。噢，那些血腥的打斗和路边的呕吐！拳头大力挥舞着，人往后一倒，就在车的挡泥板上撞个头破血流！高大、剽悍的女同志在这里一决高下，比男人还心狠手辣。警车呼啸着赶来，巡岸队突然临检。姑娘们从公寓里冲下来，把某个身处险境的帅哥往楼上拽，第二天还把早餐端上床，像个快乐的奇迹。想搭顺风车的大兵们会在这里滞留几小时，甚至几天几夜，最后当然还是会继续他们的旅程，带着他们的黑眼圈、阴虱和淋病，对招待他们的男主人或女主人几乎没留下任何印象。

然后是二战结束，汽油限购立即取消，人们在滨海公路上疯狂地来回飙车庆祝，去马里布的一路上都是轮胎磨下来的黑胶块。接下来是一九四六年连续数月的沙滩狂欢。那些奇妙而污秽的火辣夜晚，整个海岸因为跳动的篝火变得生机勃勃，那些赤裸着围着篝火的野蛮人——一群群或一对对，都能自得其乐、互不干扰，却又都是这野营部落的一分子——在暗夜里游泳，烤鱼，跟着收音机的音乐起舞，在沙滩上没羞没臊地做爱。乔治和吉姆（那时候刚认识）曾夜复一夜混迹其间，但此刻乔治悲伤而迫切地需要更多回忆，他贪婪地回望那个充满肉欲的、辉煌的小阳春，又觉得那时去的次数还是太少了。

如今搭顺风车的大兵已经少了很多，他们几乎都已成家，在导弹基地、家和老婆之间来来回回。沙滩篝火已然被禁，只能在指定的野餐区，坐在长凳上，就着公用的桌子吃东西，绝对不能做爱。尽管那些辉煌大多已消失无踪，拉斯翁达斯最后这片街区环境还是很糟，感谢那饱受迫害却依然顽强不屈的无序之神。有头有脸的人会下意识地避开这里，房价低迷，地产商只能哀叹。这里的汽车旅馆是新建的，却是用廉价的建材拼凑而成，已然显露出贫民窟般的惨相；它们的存在是为了满足一夜情的需要。那些野蛮人的狂欢节篝火已经是很久以前的事了，但剩下的木炭还埋在沙子里，沙滩上仍然遍布垃圾；混帮派的高中生依旧在沙滩的堤岸上涂抹不堪入目的脏话，贝壳永远比乱扔的避孕套更难找到。

就右舷酒吧而言，当年的光彩也已经黯淡，只有乔治这样的忠实信徒才能勉强察觉出它的最后一丝余晖。酒吧里那些满是灰尘的海军奖章和泛黄的合影早不见踪影。新年一过，这里就会进行所谓的重新装修，也就是说，把酒吧糟蹋一番，以恭候明年夏天拥进的那群一脸茫然的陌生客人。酒吧里已经有了一台投币点唱机，墙上还挂了一台新电视；你朝右边半转身，就可以把手肘搁在吧台上，像头发呆的牛一般盯着电视。乔治进来时，绝大多数客人都是这副模样。

他踉跄着，却果断地走向角落那张他最喜欢的小桌子，那里看不见电视屏幕。隔壁桌也有两位拒绝被催眠的反叛者，他们是一对老夫妻，硕果仅存的早期居民，正用他们的方式示爱：借着酒劲拌嘴，像小孩子过家家一样。你这个糟老太婆，你这个老混蛋，你这个老贱货，你这个老畜牲——毫无怨恨的愤怒，毫无恶意的诅咒。他们将如此长相厮守。但愿他们永远不要分开，最后能在同一个晚上的同一时刻，一起死在他们沾满啤酒污渍的床上。

眼下，乔治环视整间酒吧，突然看到大门口最远那头有个独自坐着的身影。那个年轻人没在看电视，而是很投入地在一个信封背面写着什么，一边写一边自顾自微笑，还用食指揉着大鼻子。是肯尼·波特。

乔治没有马上行动，好像完全不知道怎么应对。而后一个坚定的微笑慢慢在他嘴角浮现。他倾身向前，观察着肯尼，怀着类似博物学者在城市公园高高的锯齿叶间发现了一只粉红腹岭雀的喜悦。一分钟后，他站起来，几乎是悄无声息地穿过酒吧，滑到肯尼旁边的高脚凳上坐下。

“嘿，你好啊。”他打了个招呼。

肯尼飞快转过头，看清是谁，大声笑了出来，把信封揉成一团，扔进吧台里面的垃圾箱。“你好，先生。”

“你干吗扔掉呢？”

“噢，没什么。”

“我打扰你了。你在写东西。”

“没什么啦。一首诗而已。”

“那么这个世界就错过了一首诗。”

“我还记得。我还能写下来。”

“能念给我听吗？”

这提议让肯尼笑得都快抽搐了。“太疯狂了，那是——”他强忍着笑，“那是一首俳句！”

“好吧，但为什么俳句就疯狂呢？”

“我还得先把音节都算好。”

显然肯尼并不准备现在开始算。乔治接着说：“我没想到会在这附近看到你。你不是住在镇子另一头，在学校附近吗？”

“没错。只是我有时候喜欢跑到远一点的地方。”

“却偏偏选了这个酒吧！”

“哦，是因为有人告诉我你经常来这儿。”

“你是说，你跑这么远是为了来见我？”也许乔治说这句话时有点过于急切。肯尼不以为意，满不在乎地耸耸肩，露出调皮的笑：“我只是想过来看看这是个什么样的地方。”

“现在没什么看头了，以前倒是很不错。我只是习惯来这里。我家离这儿很近。”

“樟树巷？”

“你怎么知道？”

“这该是个秘密吗？”

“怎么会——当然不是！时不时也有学生来拜访我。我是说，关于他们的作业——”乔治瞬间意识到这句话听起来充满自我辩白的意味和可怕的罪恶感。肯尼注意到了吗？他还在咧着嘴笑，但这是他的招牌表情。乔治徒劳地补充道：“看起来你很了解我和我的习惯，超过了我对你们任何一个人的了解——”

“我们没什么值得了解的吧，我猜！”肯尼给了他一个调皮而挑衅的表情，“你希望了解我们什么呢，先生？”

“噢，给我点时间，我会想到的……比如说，你在喝什么？”

“什么也没喝！”肯尼咯咯笑着，“他都还没注意到我。”的确，那个酒保正沉迷于电视里的摔跤比赛。

“好吧，那你想喝点什么？”

“你在喝什么呢，先生？”

“苏格兰威士忌。”

“那好。”肯尼的语气似乎在暗示，哪怕是一杯脱脂牛奶他也会陪着喝。乔治叫来酒保——非常大声，这样他就不能假装没听见——然后点了酒。这一贯有点讨人厌的酒保要求先看看肯尼的证件，肯尼拿出来给他确认。乔治语气生硬地跟酒保说：“你来这么久应该知道我。你真的认为我会傻到给未成年人买酒吗？”

“这是规定。”酒保觍着脸说。他转过身，背朝他们走了。乔治突然涌上一股无力的愤怒。这酒保让他看上去像个笨蛋，还是在肯尼面前。

他们等着上酒时，他问：“你怎么过来的？自己开车？”

“我没有车。路易丝载我来的。”

“那她现在在哪儿？”

“回家了吧，我猜。”

乔治觉察出有蹊跷。管他呢，肯尼看上去也没觉得不妥。肯尼含糊地补充道："我本来想在附近转转。"

"但你待会儿怎么回去呢？"

"噢，我会想办法的。"

（乔治脑子里有个声音说，你应该邀请他去你家住一晚。告诉他你明早会开车送他回去。

你到底把我当成什么人了？乔治问那个声音。

不过是个建议，那个声音说。）

酒来了。乔治对肯尼说："要不我们坐到那边去吧，角落上那张桌子。该死的电视机老是扰乱我的注意力。"

"没问题。"

乔治想，要是年轻人能再主动点，会更有趣。但这个要求太得寸进尺了。你要么顺着他们的心意来，要么彻底没戏。当他们面对面拉开椅子准备坐下时，乔治说："我还带着我的铅笔刀。"他把它从口袋里掏出来，抛在桌上，像是扔了一个骰子。

肯尼笑着说："我那个已经弄丢了。"

大约过了一个小时。他们都喝醉了；肯尼还行，乔治醉得厉害。但乔治醉得宜然，是那种他很难达到的状态。他试着向自己描述这是怎样一种醉。嗯——非常粗略地说——它就像是柏拉图形容的那种对话，两个人之间的对话。是的，不是纤毫必争、咬文嚼字、针锋相对，也不是充满嘲讽挖苦的牢骚大赛，更不是建立在某个枯燥主题上的辩论，而是一场两个人能讨论点什么、随意交换看法的对话。实际上，真正重要的不是说了什么，而是两人共处于这种特殊的关系之中。乔治没法想象跟一个女人能有这样的对话，因为女人说什么都是从个人出发。和一个年纪相仿的男人对话是可以的，但得建立某种对立性，比如对方是个黑人。你和对话对象必须在某个层面上形成对立，为什么呢？因为你们必须代表某种象征性的角色——比如，在眼下这个例子里，年轻和年长。为什么必须具有象征性？因为这样的对话本质是对事不对人的。它是一次象征性的碰撞，并不涉及双方个人化的部分。这样一来，你几乎能无所不言。即使是最亲昵的告白和最见不得光的秘密，也能像说出一个比喻或是例证那样客观地表达，并且永远不会对你不利。

乔治很想跟肯尼说明这个道理，但太复杂了；他不想冒着发现肯尼根本没法理解他的风险。他最希望的是肯尼能理解，他希望自己能相信，相信肯尼完全明白这种对话的真谛。而在这一刻，肯尼似乎真有可能心领神会。乔治几乎能感受到对话的磁场正包围着他们，照耀着他们。他完全感受到了这种激荡。至于肯尼，他看上去很美。洋溢着默契的光辉——这是乔治对他的形容。肯尼身上散发的不是单纯的聪慧，也不是某种时髦的魅力。他俩此刻对坐着，冲彼此微笑——噢，远不止于微笑——还带着会心的喜悦。

“说点什么吧。”他要求肯尼。

“非说不可吗？”

“是的。”

“那我要说什么呢？”

“什么都行。任何你觉得对此刻而言重要的事。”

“这就麻烦了。我不知道什么重要什么不重要。我觉得我的脑袋已经被不重要的事情塞满了——我是说，对我而言。”

“比如——”

“好吧，可不是针对你，先生——但是——好吧，我们今天课上讲的东西——”

“我的课对你来说不重要？”

“天哪，先生——我说了，这不是针对你！你的课比绝大多数老师好太多了，我们都这么认为。而且你会尝试让这些书跟眼下正在发生的事产生联系——只是，这不是你的问题，但是——我们似乎总是陷在过去里不能自拔；就像今天上午的课，最后终结于提托诺斯。你看，我不是要否定过去；也许等我老了，会觉得过去的东西对我而言意义深远。我想说的是，对我们这个年纪的人来说，过去并不真有那么重要。有时我们把它说得很重要，其实只是出于礼貌。

我猜这是因为我们自己并没有太多过去——除了本来就想忘掉的那些，比如中学时代的事，犯傻的事——”

“好的！我能理解。你们不需要过去，你们已经拥有当下。”

“唉，但当下真是无聊透顶！我就是讨厌现在——我的意思是，现在这个世道——我是说，今晚当然是个例外——你在笑什么，先生？”

“今晚——很好！当下——不好！”乔治的声音很大。吧台那边有人转过头来看。“为今晚干杯！”他一口干了杯里的酒。

“今晚——很好！”肯尼模仿他，边笑边喝。

“好吧，”乔治说，“过去——没有意义！现在——不好！我承认！但有一件事你无法否认：你无法撇掉将来，你没法用一个喷嚏把将来变没了。”

“我想是的。将来还剩什么？那么多导弹等着，可能也剩不了多少——”

“死亡。”

“死亡？”

“我说的就是死亡。”

“我不懂，先生，再讲讲吧。”

“我是说死亡。我的意思是，你会经常想到死亡吗？”

“为什么？没有。几乎没有。何必呢？”

“将来——死亡就在将来。”

“哦——是的。对——也许你说得对。”肯尼笑了，“你知道吗？也许我们的上一代比我们更常想到死这回事。我想说的是，那些孩子想到自己会被送上某个战场然后死在那儿，而父母却在家里表演爱国主义，他们一定会被气疯。但再也不会有这样的事了，如今所有人都在一条船上。”

“你还是可以恨那些比你大的人。因为最后大家都被炸飞之前，他们已经比你多活了好几年。”

“是啊，我可以为此生气，对吧？也许我会的，也许我会生你的气，先生。”

“肯尼——”

“先生？”

“只是一个纯粹的社会学问题，你为什么坚持叫我先生？”

肯尼嘲弄般地咧嘴笑道：“你不喜欢的话我就不这样叫了。”

“我不是在制止你。我是问你为什么？”

“你为什么不喜欢呢？虽然你们都不喜欢，我猜。”

“你是说，老头子们都不喜欢？”乔治装作若无其事地笑了。尽管如此，他还是感到这象征性的关系正在慢慢失控。“好吧，通常的解释是我们不喜欢被人提醒——”

肯尼坚决地摇着头说：“不是。”

“那你的意思是？”

"你和别人不一样。"

"这算一种恭维吗?"

"也许吧……重点是,我喜欢叫你先生。"

"你喜欢?"

"如今那种亲密无间是最虚伪的。假装人和人之间没有任何隔阂——好吧,就像你今天上午说的少数群体。如果你我之间并无差异,那还有什么能互相给予对方?那我们怎么能成为朋友?"

他的确懂了,乔治心情愉悦地想。"但两个年轻人肯定能成为朋友,对吧?"

"那又是另一回事了。照理说,他们勉强能成为朋友,但总会有竞争在他们之间产生。所有年轻人多少都会彼此暗中较劲,你知道吗?"

"我猜是这样的——除非他们在恋爱?"

"也许,即便在恋爱中也一样。也许,也许这就是问题所在——"肯尼突然停住。乔治望着他,期待听到一些关于路易丝的秘密。但话题并没有继续。肯尼的思绪显然飘向了别处。他坐在那儿,带着笑,沉默了一会儿——接着居然脸红了!"这听起来老套得要命,但是——"

"没关系,说吧!"

"有时候我希望——我是说,当你读那些维多利亚时代的小说——我肯定不愿意生活在那样的年代，除了一件事以外——该死——我说不出口！”他又不说了，红着脸笑着。

“别傻了！”

“我一说出来就显得太老套了，我再也不说了！但是——我还是会喜欢那个能用先生来称呼父亲的年代。”

“你父亲还在世吗？”

“噢，当然。”

“你为什么不用先生称呼他呢？即便是现在，还有很多儿子这样称呼父亲。”

“我父亲不行。他不是那类人。而且，他也不在身边。好几年前，他就离家出走了……该死！”

“怎么回事？”

“我怎么会跟你说这些？我已经喝醉了吗？”

“肯定不如我醉得厉害。”

“我肯定是迷糊了。”

“听着——如果这会对你造成困扰——让我们忘了刚才的话。”

“我可忘不掉。”

“噢，你会的。如果我让你忘掉，你就会。”

“会吗？”

“我赌你会。”

“好吧，既然你这么说——好吧。”

“好的，先生。”

“好的，先生！”肯尼突然笑了。他是真的很开心，开心到难为情起来。“唉，你知道的——我来这儿的时候——我是说，当我想到有可能在今晚碰见你的时候——我是有点事想问你。我突然想起来是什么事了——”他一口喝完杯子里剩下的酒，“是关于经历。大家都说，等你长大一点，你会有各种经验——这应该是件很棒的事。你怎么看，先生？经验真的有用吗？”

“什么样的经验？”

“嗯——比如你去过的地方、见过的人。比如你经历过某些处境，日后碰到相同的状况会知道如何应付。在接下来的人生里，这些理应让你变得更睿智。”

“我告诉你一件事，肯尼。我不代表所有人——但，就个人而言，我并没有在任何事上变得更睿智。毫无疑问，我经历了这样那样的事；当这些事再次发生的时候，我对自己说，你看，又来了。但并没有什么用。在我看来，我一直在稳步变笨，一天比一天笨——事实就是这样。”

“开玩笑的吧，先生？你肯定不是认真的！你是说，你比年轻时更笨？”

“笨得多。”

“真是见鬼……那么经历是完全没用的？你是在说有没有经验都无关紧要？”

“不，我不是那个意思。我只是说，你没法利用它。但如果你不试着去利用——如果你能意识到经验就在那儿，你已经拥有了——那时它就可以是不可思议的——”

“我们去游泳吧。”肯尼突然说，好像已经对这个话题厌倦了。

“好啊。”

肯尼仰头大笑：“真是太棒了！”

“什么太棒了？”

“这是一个测试。测试你说自己笨是不是在唬人。我对自己说，我来提议去做个什么疯狂的事，如果他反对——哪怕是犹豫——我就知道刚才都是在虚张声势……你不介意我告诉你这些，对吧，先生？”

“我为什么要介意？”

“噢，那真是太棒了！”

“好吧，我没在唬你——那我们还等什么？你才是在虚张声势，对吗？”

“怎么可能！”

他们一跃而起，付完账，冲出酒吧，穿过高速公路。肯尼翻过围栏，往下一跳就到了沙滩上，落差大约有八英尺。乔治此时正费力地攀上栏杆，动作稍显僵硬。肯尼抬头看他，脸庞被木栈道的路灯照亮。“把脚踩在我肩膀上吧，先生。”乔治照做了，有一种醉酒后的信任感，肯尼扶着他的脚踝和小腿肚，几乎一下就把他放到了沙滩上，像芭蕾舞演员般灵巧。在落地的过程中，他们的身体短促而粗暴地相互摩擦着。之前对话的磁场已被破坏。他们之间的关系，不管现在如何定义，已经不再是象征性的了。他们转过身，朝大海奔去。

路灯似乎已经被远远抛在后面，明亮却不再刺眼，也许是被高处的浓雾遮蔽。前方的海浪几乎看不见，黑暗里藏着无限的寒冷和阴湿。肯尼一边“乌拉”乱叫着一边脱掉了衣服。乔治残存的一点点戒备心提醒他小心那些灯光，以及可能经过的巡逻车和警察，但他毫不迟疑，他已经无法犹豫了；酒吧里攒下的这股劲只能在海水里释放。他笨拙地除去衣服，脱掉长裤时还差点摔倒。肯尼已经完全赤裸，一头扎进水里，笔直地朝前游去，像个无畏的土著战士，正向海浪发起进攻。海里暗潮涌动。下层逆流裹着细石冲刷而来，乔治挣扎了一番。等他缓过神来，在水里站稳时，肯尼已经在夜色里开始徒手冲浪，从他身边一闪而过，看都没看他一眼，好像一个水生动物又回到了水里。

至于乔治，这些海浪让他难以招架。它们看起来巨大无比，冲破黑暗前仆后继地袭来，神秘而可怕地闪着光，又在雷鸣般的巨响中带着那些闪着磷光的白沫翻卷回去。乔治身上沾满白沫，光彩熠熠，快乐地笑着，发现自己好像镶满了珠宝。他气喘吁吁地大笑，忽而又呛口水，醉得根本不知道害怕；入口的盐水似乎跟威士忌一样令人沉醉。时不时地，他能瞥见肯尼像箭一般从某个翻着白沫、摇摇欲坠的浪崖上俯冲下来。现在，急于接受净化仪式的乔治再次蹒跚着走进水里，张开双臂，去迎接海浪震耳欲聋的洗礼。他把自己完全献给海浪，涤净思绪、言语、情绪、欲望、完整的自我和整个人生；他一次又一次地浮出水面，每一次都变得更洁净，更自由，更简单。他真心为自己而高兴；意识到此刻这个小天地只有自己和肯尼在分享，对他来说就足够了。这海浪、夜色、声音，一切的存在都是为了成就他们这场嬉戏。与此同时，不到两百码开外，灯光从岸边照过来，高速上来来往往的车顶着长长的光束飞驰而过。黑漆漆的山腰上，你可以透过窗子看到那些无趣的房间亮着灯，里面无趣的人正以无趣的姿势躺在无趣的床上。但乔治和肯尼是逃离了那无趣的避难者；他们穿越边境逃进水的世界，留在岸上的衣服算是抵了关税。

突然，末日般的巨浪袭来，乔治走得太远，到了深水区，他已经踩不到底，只能在它咆哮着隆起的边缘，赤裸而渺小地直面惊涛，面对它涌落时席卷一切的恐吓。他试着潜水穿过它——即便是现在，他依然感觉不到任何恐惧——但马上被水流裹挟，在水里不停地翻转，被朝着某个方向又拉又拽，不知道是朝上还是朝下，抑或朝着一侧，他脑子里只剩一片空白。

这时，肯尼将两腿发软的他从水里拖了出来。肯尼的手放在他腋下，一面笑，一面以保姆的口吻说："今天玩够了！"乔治仍醉心于海水，气喘吁吁道"我没事"，还试着返身跑回水中。但肯尼说："好吧，我不行——我觉得冷。"他像保姆一样给乔治擦身子，用的不是乔治的衣服，而是他自己的，直到乔治喊背疼，他才停下来。此刻这种保姆与幼儿的关系是如此真实，乔治觉得自己可以蜷缩成孩子般大小，在肯尼庞大的身躯里沉沉睡去。肯尼的身体在刚出水时变得像巨人一样，各个部分都比平时大很多；他微笑时露出的白牙，滴着水珠的宽肩膀，颀长的躯干，沉甸甸悬着的阳物，还有修长的腿，现在正一一开始萎缩。

"我们能回你家吗，先生？"他问。

"当然，不然去哪儿？"

"不然去哪儿？"肯尼重复着，好像觉得这反问很有意思。他拾起衣服转身就走，赤裸着，迎着高速公路和那些灯光。

"你疯了吗？"乔治在后面喊道。

"这有什么关系？"肯尼回头笑道。

"你准备就这样走回家？你疯了吗？会有人报警的！"

肯尼愉快地耸耸肩。"没人会看见我们。我们是隐形的——你不知道吗？"

但他还是穿上了衣服，乔治也跟着穿上。他们再次走在沙滩上时，肯尼用手搂住乔治的肩膀。“你知道吗，先生？他们不该放你一个人跑出来，绝对不行，你一准给自己惹上大麻烦。”

一路走回家，乔治酒醒了不少。到家时，他已经不觉得他们是两只水生动物，而是一个头发湿漉漉的年长教授半夜带着一个全身湿透的学生回家。乔治突然变得不自在，口气甚至有点生硬：“洗手间在楼上。我给你拿些毛巾——”

肯尼也马上拘谨起来。“你不用也洗个澡吗，先生？”他问道，语气很恭敬，但透着一丝失望。

“我等一会儿再洗……可惜我没有合适的衣服能借你。你一会儿先用毯子裹着，我们得把你的衣服烘干。恐怕得花点时间，但也只能这样了——”

“先生——我不想添麻烦。要不我现在就走吧。”

“别傻了。你会得肺炎的。”

“衣服穿在身上就捂干了。我不会有问题的。”

“胡说！快上楼，我告诉你东西都在哪儿。”

乔治拒绝让他离开似乎让肯尼很高兴。至少，他洗了一个非常闹腾的澡，与其说在唱歌，更像在不停地叫唤。估计邻居都被他吵醒了，乔治想，管他呢。乔治的情绪又高涨起来；他感受到一阵兴奋，愉快而充满活力。他在卧室里迅速褪下衣裤，换上白色厚毛巾布浴袍，匆匆跑下楼，烧上水，又做了些金枪鱼番茄黑麦三明治。当肯尼狼狈地裹着毯子、像刚从海难逃生的船员一样来到客厅时，三明治已经好好地放在托盘里了。

肯尼不想喝咖啡或茶，更愿意喝点啤酒。乔治就从冰箱里给他拿了一听，然后极不明智地给自己倒了一大杯苏格兰威士忌。他回到客厅，发现肯尼正四处打量，好像一切都让他惊叹。

“你一个人住在这儿，先生？”

“是的。”乔治说，然后带着一丝讽刺问，“出乎意料？”

“没有。只是有个同学说他感觉你是一个人住。”

“事实上，曾经有个朋友跟我一起住。”

肯尼没表现出对这个朋友有任何好奇。“你也没养只猫，养条狗什么的。”

“你觉得我应该养？”乔治有点咄咄逼人地问。可怜的老家伙连个能去爱的对象都没有，他觉得肯尼肯定在这样想。

“才不是！波德莱尔不是说过吗，宠物往往会变成恶魔，最后掌控你整个人生。”

“不过我那个朋友就养过不少宠物，它们似乎也没有掌控我们的生活……当然，两个人一起养是不一样的。我们以前就有共识，如果谁不在了，剩下的那个肯定不会愿意继续养——”

没有。肯尼完全没对这些感到好奇。事实上，他正全神贯注地咬下一大口三明治。于是乔治问了一句：“好吃吗？”

“太好吃了！”他冲乔治笑了笑，满嘴食物，咽下去之后又补充道，“先生，你知道吗？我相信你已经发现了完美生活的秘诀！”

“我吗？”乔治刚狂饮了将近四分之一的威士忌，以淹没刚才聊到吉姆和那些宠物时产生的一阵痉挛。现在他感到酒劲直冲脑门，令人振奋却又来势过猛。

“你肯定想不到，有多少我这个年纪的小子梦想能有你这样的生活。我是说，你还奢望什么呢？不用听任何人的指令。再疯狂的事，你想到就能做。”

“这就是你认为的完美生活？”

“当然是！”

“真的？”

“怎么了，先生？你不相信我？”

“我不太明白，如果你那么向往独自生活——路易丝能接受吗？”

“路易丝？这跟她有什么关系？”

“听着，肯尼——我不是想打探你们的隐私——只是——不知道对不对，我一直有种感觉，觉得你们在，好吧，考虑着——”

“结婚？不，那不可能。”

“噢？”

“她说她不会嫁给一个白人。她说她很难认真对待这个国家的人。她认为我们美国人在这里做的事情都毫无意义。她想回日本，去教书。”

“她是美国公民，对吧？”

“噢，当然。她是日裔二代移民。但二战爆发不久，她全家照样被关进山间的拘留营。她父亲只能贱卖了自己的公司，实际上差不多是免费送给了那些嘴里喊着为珍珠港报仇、专门霸占日本人财产的骗子！路易丝那时还小，但碰上这样的事，谁也忘不了。她说他们当时完全被当作外敌对待，没有任何人在乎他们到底站在哪边。她说那阵子唯一善待他们的是黑人，还有个别和平主义者。天哪，她绝对有资格恨我们这些美国人！实际上她也不恨。她好像总能看到事情有趣的一面——”

“你对她什么感觉？”

“噢，我很喜欢她。”

“她也喜欢你，对吧？”

“我猜是。对，她喜欢我，很喜欢。”

“你难道不想跟她结婚？”

“噢，当然。也许吧，如果她能转变态度的话。但我觉得不大可能。而且，不管怎样，我也不急着跟谁结婚。我还有很多事想做，首先是——”肯尼停顿了一下，注视着乔治，嘴角带着那最具嘲弄意味和洞察力的笑，“你知道我在想什么吗，先生？”

“你在想什么？”

“我不信你对我娶不娶路易丝有那么大的兴趣。我想你是要问我一点别的，只是你不确定我会怎么想——”

“我想问你什么？”

对他们双方来说，这都越来越像调情。轻松的聊天和啤酒让人放松，肯尼的毯子已经滑落，露出一边肩膀和手臂，看上去像一派古希腊装扮、披着短斗篷的年轻学徒——当然，是某位哲学家最偏爱的弟子。此时此刻，他绝对有一种危险的魅力。

“你想知道我和路易丝——我们有没有上过床。”

“有吗？”

肯尼得意地大笑。“被我猜对了。”

“也许对，也许不对……有吗？”

“有过一次。”

“为什么只有一次？”

“就在不久前。我们去了一间汽车旅馆。其实就在沙滩那头，离这儿很近。”

“这就是你们今晚开车来这儿的原因？”

“是的，部分原因。我试着劝她再和我去一次。”

“然后你们吵了起来？”

“谁说我们吵了？”

“你让她自己开车回去了，对吧？”

“噢，好吧，那是因为……你说对了——她不想去——她上次就很讨厌那个汽车旅馆，也不怪她。那里的问询处、前台和登记员——你必须忍受这一切。而且他们当然知道你是为了什么去开房的……让整件事变得太正经八百，太俗套，好像这是一个不得了的罪过。还有那些人看你的眼神！女孩比我们更在意这些——”

“所以她再也不会跟你去旅馆了？”

“当然不是，没那么糟！她并不是反对去旅馆，你懂的。不是原则上反对。实际上，她绝对——好吧，不管怎样……我们能想出办法，以后再看情况——”

“你是说，也许你们能找到别的更隐秘、没那么尴尬的地方？”

“那肯定会好很多，绝对——”肯尼笑了，打了个呵欠，伸了个懒腰。短斗篷从一侧肩膀滑下来。他起身时把斗篷拉上去，盖住两边肩膀，于是斗篷又变回了毯子，他自己则变回那个笨拙的二十世纪美国男孩，没穿衣服，窘态毕露。“好吧，先生。实在太晚了，我得走了。”

“能问一下你去哪儿吗？”

“哪儿？回市区另一头。”

“怎么去呢？”

“我能搭公交车，对吧？”

“至少两小时以后才有第一班车。”

“那也差不多——”

“你干脆住下吧，明早我开车送你。”

“我觉得这样不——”

“酒吧已经打烊，如果你这个时间在附近晃悠，会被警察拦住盘问。你不介意的话，我得直说，你的酒还没完全醒。他们甚至可能把你抓进去。”

“真的，先生，我不会有事的。”

“我觉得你现在不大清醒。我们待会儿再说这个……首先——你坐好。我跟你说点事。”

肯尼听话地坐下了，没有继续坚持。可能他在好奇，乔治接下来要说什么。

“现在你仔细听着。我要就一件事，或几件事，做个简单申明。你不必回应。你甚至可以认为这些跟你一点关系都没有。清楚了吗？”

“好的，先生。”

“有一位我认识的女士住在这附近，是我非常好的朋友。我们每周至少有一天会共进晚餐，而且往往会更频繁。实际上，我们今晚就一起吃了饭。现在——对她来说我哪天去都没问题。我决定——注意，这跟你没有任何关系——从今以后，每周在固定的晚上去她家吃饭，一成不变，就在同一个晚上。就以今晚为准……听清楚了吗？不，别回答，继续听着，因为我快要讲到重点了……在我和朋友共进晚餐的那些晚上，我绝不会、任何情况下都不会在午夜之前回来。听清楚了吗？别回答——听着！这房子从来不上锁，反正只要打破玻璃门上的一块玻璃，谁都能进来。楼上，我的书房，你应该注意到了，那儿有张沙发床。上面总是铺着干净的床单，以备万一有意想不到的客人到访——比如今晚的你——别说话——听仔细了！如果我不在的时候有人睡过那张床，然后又整理干净，我根本不会察觉。如果我的保洁阿姨发现有人睡过的痕迹，她只会把床单拿去洗，以为是有客人来过，我忘了通知她……好吧！我已经做了决定，并且告诉了你，就像我告诉你我每周的某一天会去花园浇花一样。我也告诉了你关于这屋子的一些情况。你可以记下来，也可以忘掉。就这样——"

乔治直视着肯尼。肯尼对他淡淡微笑，却显得——是的，有那么一点点——尴尬！

"好了，再给我倒杯酒。"

"好的，先生。"肯尼从椅子上起身，明显地迫不及待，好像很高兴终于打破了紧张气氛。他拿起乔治的杯子去了厨房。乔治冲他背后喊："给你自己也来一杯！"

肯尼从转角探出头来，笑着说：“这算命令吗，先生？”

“废话！”

“我猜，你已经认定我是个肮脏的老男人。”

肯尼端着酒从厨房出来的时候，乔治感觉自己正进入一个新阶段。此刻，尽管肯尼还未意识到，当再次坐下的时候，眼前的乔治已经脱胎换骨、令人敬畏，语带醉意却字正腔圆，言辞之间暗藏威吓。一个宗教裁判所的审判官乔治，坐在审判席上，也许正要宣布判决；一个代传神谕的乔治，马上就要开口发言。

这跟他们在右舷酒吧的那种醉又完全不一样。肯尼和他不再处于象征性的对话关系里，新阶段的沟通纯粹是个人对个人的。然而，矛盾的是，他和肯尼的距离没有拉近，反而更加疏远，远到超出了磁场的边界。事实上，乔治偶尔才能看清他，因为整个房间变得无比明亮，令人目眩，而肯尼的脸逐渐隐没在这光芒中。此外，乔治耳中嗡嗡声大作，以至于他根本听不清肯尼是不是在回答他的问题。

“你什么都不用说了。”乔治告诉肯尼（这句话能应对各种可能性），“因为我承认——噢，该死，是的——我当然承认——我是个肮脏的老男人。百分之九十九的老男人都是肮脏的，如果你一定要把话说得这么无趣。我不是在抗议你用什么词来骂我，我抗议的是一种态度——而且我这样做是为你好，不是为我——

“听着——这个时代已经变得够糟了——我们的内心世界和周遭环境都已是一团乱麻——即使不纠结于这些无聊的分门别类。我是说，人这一生到底是为何而活？难道应该终其一生互相贴标签，像画廊里的游客那样？或者还能趁为时未晚，试着交换某种讯息，不管这讯息有多含混不清。你回答我——

“对你这样的年轻人来说，在学校追上我，然后说我讳莫如深，这没什么，随口一说的事。仁慈的上帝——讳莫如深！这就是你能想到的？你不曾闪过一丝念头，其实我是渴望沟通的？

“你问我关于经验的事。现在我告诉你，经验没有任何用。然而，从另一个方面说，它也可能有用，前提是我们不像现在这样可悲地愚蠢、假正经和懦弱。对你来说也是如此，我的孩子。你无可否认！我刚才说的，那书房里的沙发床——吓到你了。因为你早就决心要被吓到。你完全拒绝去了解我的动机。噢，上帝，你没发现吗？那张沙发床——那张床所蕴含的——就是经验的真谛啊！

“噢，好吧。我不是在责怪你。你如果能理解，那就真是奇迹了。没关系，当我没说。我就坐在这里，你也坐在这里——围着那条该死的毯子；看在上帝的分上，为什么不干脆脱掉？我怎么会讲这种话？我估计你连这话也会误解，对不对？好吧，如果你误会了，我根本不在乎。重点是——我在这里，你也在这里——第一次旁边没人打扰我们。这样的时刻可能再也不会重演。我是说真的！人生短暂得令人绝望。好了，我们摊牌吧。你为什么会半夜坐在我的客厅里？因为你想要我告诉你一些事情！这才是你今晚从市区那头一路赶来的真正原因。也许你真的相信自己的本意是要和路易丝上床，事先声明，我没有一个字说她不好。她是个真正美丽的天使。但你没法愚弄一个肮脏的老男人；他可不会对年轻人的恋爱感情用事，他非常了解这份感情的价值——价值连城，但不代表一切。我亲爱的肯尼——你今晚来这儿是为了见我，不管你自己有没有意识到。你心里某一部分清楚地知道路易丝会拒绝再跟你进那间汽车旅馆，这就给了你一个理由让她回家，然后独自逗留在这儿。我猜那个可怜的姑娘此刻正为今天的事而难过，伏在枕头上哭呢。你下次见她得对她非常好才行——

“扯远了。我的重点是，你想来问我一些真正重要的事情。为什么要害羞否认呢？我太了解你了，很清楚你要什么。你想听我说出我所知道的事——

“噢，肯尼啊肯尼，相信我——我最想做的就是让你明白！我拼命地想告诉你，但我不能，我真的不能。你没看出来吗，我所知道的东西造就了我。我没办法告诉你。你得自己去发现。我就像你要读的一本书。一本书是没办法自己读给你听的，它自己都不知道自己里面写了什么；我不知道自己的内容是什么——

“你本来可以读懂我的。你可以。但你根本懒得去深究。听着——你是学校里唯一一个我真心认为有这个可能的男孩。这就更让一切变得如此悲哀，徒劳无益。你没有试着了解，而是以那种不可原谅的浅薄，想着‘他是个肮脏的老男人’，然后把这个本可能是你年轻时代最珍贵、最难忘的夜晚变成了一场调情！你不喜欢这个词，对吧？但就是这个词。这就是当前一切的悲剧所在。调情。调情取代了性交，原谅我用这么粗俗的词。你们只会调情，让毯子滑下你的肩膀，抱怨汽车旅馆，而错过了那个——肯尼，我可不是随便说说——那个能真正改变你生命的东西——”

一时间，肯尼的脸变得清晰。他咧嘴笑着，光彩夺目。然后那个微笑瓦解了，或者说被折射着，变成了光的彩虹。彩虹闪着光辉，乔治觉得目眩。他闭上眼。此刻耳朵里的嗡嗡声变成了尼亚加拉大瀑布的轰鸣。

半小时——一小时之后——反正不是很久，乔治眨眨眼，醒了过来。

还在夜里。外面漆黑一片。温暖。床上。是在床上！他用手肘一撑，猛地起身。打开床头灯的是自己的手，手臂在袖子里；睡衣的袖子。我穿着睡衣！为什么？怎么会？

他在哪里？

乔治从床上爬起来，晕晕乎乎的，还有点恶心，用力甩甩头清醒一下，准备晃悠着去前厅看看。等等。床头灯下放了一张纸条：

我想我还是先走吧，反正我喜欢晚上到处逛。如果遇到警察，我不会泄露今晚去过哪里——我保证！哪怕他们扭住我的胳膊。

今晚真的很棒。我们下次再找时间一起，好吗？还是你不相信美好经历能重现？

找不到你穿过的睡衣，所以在抽屉里翻了一套干净的给你。也许你习惯裸睡？但我不想冒这个险。不能害你得肺炎，对吧？

感谢你为我做的一切。

肯尼

乔治坐在床头读着留言，然后带着点不耐烦，像个将军一眼扫过无足轻重的通报，任由这张纸滑落在地板上。他站起来走进洗手间，排空膀胱，没看镜子一眼，甚至没开灯，接着回到床上，钻进被窝，关上了床头灯。

麻烦的小鬼，他心里说，但没有任何反感。他不留下来也挺好。

然而他平躺在黑暗中却难以成眠，血液里的瘙痒撩拨着胯下的神经。酒精在下面刺激着他。

黑暗中，他想象着肯尼和路易丝在车里，一路开到樟树巷，远远地停在巷尾，以防邻居看到——谨慎地快速走过小桥，打开门——门卡住了，她咯咯直笑——猛撞上客厅的家具——用日语小声惊呼——踮着脚上楼，连灯都不开——

不行——感觉不对。乔治试了几次，总没法想象路易丝上楼的情景。每次他让她上楼，她就烟消云散。（现在他知道了，而且绝对确信，肯尼永远无法说服她，哪怕只是走进这所房子。）

但好戏已经开场，乔治并不打算停下来。必须给肯尼另找一个搭档。于是乔治把路易丝换成网球场上那只性感的金色小猫，那个墨西哥网球手。在想象中让他上楼轻而易举！现在，他和肯尼一起进了前厅。乔治听到皮带掉在地板上的声音。他们正剥光身上的衣服。

血液在乔治的腹股沟处涌动。下体肿胀起来，蠢蠢欲动，立刻变得又硬又烫。睡衣已经被扯下来，扔到床下。

他听到肯尼对墨西哥人耳语：来吧，小子！乔治悄无声息地潜入前厅，发现两人正要躺倒——

不，感觉还是不对。乔治不喜欢肯尼的态度。他没有认真对待自己的肉欲，实际上他似乎快笑场了。快——我们需要换人！乔治急忙把肯尼换成网球场上那位大个子金发男孩。噢，好多了！完美！现在，他们能拥抱了。现在，那凶猛的动物游戏可以开始了。乔治从上方俯视他们，欣赏着；然后他开始从他们扭动、喘息的肉体间穿来穿去。他可以是其中之一，也可以同时是双方。啊——欲仙欲死！啊——啊——！

你这个老傻瓜，乔治的理智在说。他并不为自己感到羞愧。他用一种啼笑皆非的语气跟这具倦怠而大汗淋漓的躯体对话，笑它像只贪婪的老狗，刚狼吞虎咽掉一大块它无力消受的肉。好吧，现在总该让我们休息了吧？他的手从枕头下摸出一条手帕，擦干肚皮。

当睡意轻轻拂过，他问自己：下周一上课时，我会避开肯尼的目光吗？不，完全不会。即便他已经告诉路易丝（我不大信）：“我帮他脱了衣服，把他扶上床，他已经烂醉如泥。”如果是这样，他应该也会把海里游泳的事告诉她：“你真该看看他在水里的样子——像个孩子一样疯！不该放你一个人跑出来玩，我当时就跟他说。”

带着绝对的自满，乔治对自己笑了。是的，我就是很疯。他暗想，那是我的秘密，我的力量。

而且我还要变本加厉地疯，他宣称。等着瞧吧，你们所有人！

知道吗——圣诞节我会飞去墨西哥！你们赌我不敢？我明早起来第一件事就是订机票！

他睡着了，带着微笑。

这之后，一部分乔治浮出了水面，慢慢显现，几乎要打破水面薄如蝉翼的平静。绝大部分的乔治依旧沉没在睡海中。

刚刚好浸湿在这甜梦里，枕头上那颗头颅里的大脑用一种与白天不同的方式，暗暗开始思考。现在的它还无法做出决策，但也许正因如此，它可以在这样的状态下意识到还有很多决策没做。那些决策如同遗嘱的附件，经过秘密签署、见证，被收藏在最隐秘的地方，等候执行时刻的到来。

白天的乔治甚至可能对决策者发问，但决策者不许他早上醒来时记得问题的答案。

如果肯尼被吓跑了怎么办？如果他再也不回来怎么办？

那就随他去吧。乔治根本不需要他，也不需要任何一个这样的小孩。他不是要找个儿子。

如果夏洛特回英国怎么办？

如果别无选择，没有她也能行。他并不需要一个姐姐。

乔治也会回英国吗？

不。他会继续留在这儿。

因为吉姆？

不。吉姆属于过去。他对乔治再也没有任何用处了。

但乔治还如此忠诚地铭记着他。

乔治强迫自己记得。他害怕遗忘。他说过，吉姆就是他的人生。但如果他还想继续生活下去，就必须忘掉。吉姆已经死了。

那乔治为什么还留在这儿？

这是他遇见吉姆的地方。他相信能在这里找到另一个吉姆。他自己并不知道，但他已经开始找了。

乔治凭什么相信自己能找到这个人？

他只知道他必须找到。他相信他找得到，因为他非找到不可。

但乔治越来越老了。再找不到，一切不会太晚了吗？

永远不要对乔治说这句话。他不会听的。他不敢去听。去他的未来。让肯尼和那些孩子们拥有未来。让夏莉留着那些过去。乔治只有死死抓住现在。就是现在，他必须找到另一个吉姆。现在他必须去爱。现在他必须活下去——

此时，这具名为乔治的躯体正躺在床上熟睡，鼾声如雷。来自大海的潮湿空气影响了它的鼻窦，喝过酒后鼾声会更响。吉姆以前都会一脚踢醒它，让它侧过去睡，有时还会怒气冲冲地跳下床，跑去前厅睡。

乔治所有的部分都已经在这儿了吗？

沿海岸往北走几英里，崖壁下面有一片火山岩礁石，石头间水洼遍布。退潮时你可以走近看。每个水洼都是独立的，各具特色，如果想象力够丰富，你可以给它们命名——比如乔治、夏洛特、肯尼、斯特伦克太太。正如乔治和其他人那样，为方便起见而被看作一个个独立的个体，你也可以把每个水洼看作独立个体，尽管它显然并非如此。暂且把每一洼水视作一个独立意识——充满了焦虑不安、残酷的贪婪、敏锐的直觉、像陈年贝壳一样死死抓住岩壁的那种固执，还有在深处闪着光的未知秘密。变化多端的危险生物神秘地游向光明的水面，这也许是一种警示。如此相异的生物是怎么能共存的呢？因为它们别无选择。这水洼中的岩石将它们的世界连接在一起。并且，在白天退潮的时间里，它们素不相识。

而这漫长的白天终于结束，屈服于夜的潮水。就在海水涨上来，黑压压地漫过这些水洼时，另一片海也漫过沉睡中的乔治和其他人。这片意识的海已不再属于某一个人，而是涵盖人间万物、过去、现在和将来，一直延伸到最遥远的星系。我们当然可以这样推测，在潮水涨势最猛的一团漆黑中，有一些生物会被远远地卷走，漂流到深海里去。但当白天潮水退去，它们中又有谁曾带着某种收获归来？实际上，除了能告诉大家，大海里和水洼里的水并无二致之外，它们还有什么可说呢？

在床上的这具躯体里，巨大的泵持续运作，不需要休息。这台静静脉动的机器之中，身体的基础员工负责做着全面细微的调节。

对于那些最上层来说，它们什么都不管，只负责关注危险信号，其中多数是虚假警报；脑干在恐慌中发出红色警报，然后被镇静的大脑皮层的绿灯断然抵消。但现在控制系统正自动运转。大脑皮层在打瞌睡，脑干只留心对付某个突如其来的噩梦。一切看上去跟平常并无二致，可以一直正常运转到早晨，任何意外都不可能发生。这台机器有着无与伦比的安全纪录。

然而，我们姑且这么假设——

让我们回到某个特别的时刻，多年前，乔治走进右舷酒吧，第一次看到吉姆。那时吉姆还没退役，穿着海军制服，漂亮得无法形容。让我们进一步假设，就在同一时刻，在乔治冠状动脉的某个分支上，发生了难以想象的缓慢变化。没有医生能告诉我们具体原因——不知为何，原本平滑的血管内壁开始变得粗糙，然后血液运送的钙离子就在变粗糙的内壁上一个接一个地堆积……就这样，缓慢地，悄无声息地，以最低调、最不会让大脑中那些瞎操心的老家伙察觉到一丝线索的方式，一场近乎无耻的闹剧拉开帷幕：动脉粥状硬化开始了。

让我们只是这样假设。(床上的躯体还在打鼾。)这种病基本无法预测。你可以一掷千金赌它今晚不会发作，往后也不会。但它也很有可能马上要发生了——就在五分钟以内。

接下来——让我们假设就在这一晚，这一小时，这一分钟。

此刻——

床上的躯体似乎轻轻动了一下，没有叫出来，也没有醒。体内毁灭性的一击没有表现出任何外在症状。皮层和脑干在一片空白中被谋杀了，凶手像印第安杀手一样干净利落。心脏因缺氧而窒息，收缩了一下就停了。肺的电源被切断，随即死亡。全身上下动脉收缩。假如大动脉没有完全阻塞，假如堵塞只发生在某个分支上，身体的基础员工可能还有办法对付；它们有创造奇迹的能力。如果有足够的时间，它们可以另辟蹊径，搭建起新的连接，用伤疤封住受损部位。但已经没有时间了。它们毫无预兆地死在自己的工作岗位上。

也许接下来的几分钟，生命还在躯体外围的某些组织里徘徊着。然后，灯一一熄灭，只剩下无尽的黑暗。如果那个被称作乔治的幽魂还有某一部分因为远游深海而躲过了这次终极打击，它回来时会发现自己已无家可归。它再也不能跟躺在那儿不再打鼾的身体产生关联。那躯体如今是后门走廊垃圾箱里垃圾的表亲。它们都会被运走，处理掉，在不久之后。

译后记：独自一人

面世于一九六四年的小说*A Single Man*一直被读者和评论家认为是克里斯托弗·伊舍伍德最出色的作品。对这部并不算长的小说，作者也喜爱有加，乐于承认作品的成功。他在日记中写道："我几乎能确定，这就是我的代表作。我是说，从表达效果、叙述完整性、整体艺术性上看，这都是我最好的作品。"小说中，近距离记录和心理描写交替，讲述了中年教授乔治不到二十四小时的生活。这是普通人生命中平常的一天，没有奇遇和惊险，但透过平凡琐碎的生活细节，读者却能与主角乔治的悲伤和孤独发生共振。作者的情感表达非常克制，穿插着英式的俏皮幽默，却让悲伤气息从这一天的早晨弥漫到故事结尾。

乔治的悲伤主要来自伴侣吉姆的突然离世。事件虽已过去一段时间，但它给乔治生活造成的巨大撕裂显然远未愈合。对伴侣的思悼时时拉扯乔治的思绪，与他的现实生活紧紧纠缠在一起。作者笔下的乔治对自身性取向完全接受，并通过回忆的方式向读者展示了恋人间生活的多个片段。这些生活片段是世俗的、日常的，购房、养宠物、阅读、旅行，文学中的同性间的情感不再是福斯特小说《莫瑞斯》里那种在自我怀疑和否定中偷偷摸摸的探索，或是只在想象的世外桃源才能存续的童话，而是存在于日常生活中，是中年教授乔治生命经历的一部分。二〇〇九年，汤姆·福特将本书改编为电影并获得成功，导演的自身经历更为电影增添了传奇色彩。这些都让读者、观众在想到*A Single Man*时，印象最深的是作品对爱情的讲述。电影的中文译名遂被定为"单身男子"，用"单身"一词来强调主人公乔治失去爱情、伴侣的状态。而后有小说中译本推出，更是将书名简化为"单身"。

爱情的确是小说的主题之一，但这部小说之所以被作者视为代表作，被英国《卫报》评为百部英文小说之一，实则包含了爱情之外更为广阔的人文关怀和更深刻的人生况味。作者笔下的主人公，中年教授乔治最突出的特点是悲伤和孤独，他的悲伤首先来源于失去。小说一开始，早上清醒过来的乔治首先面对的就是自己的失去。作为中年人的乔治，青春已逝，过去生命不同节点的"自己"都已经死去，像化石一样层层叠叠地封存着供他凭吊；年轻的容貌也随之而去，留下"迟钝、疲惫的眼神，粗糙的鼻子，下垂的嘴角"；

同样失去的还有健康，关节、胃和心脏都成为他日常生活中的负担。在自身衰老之外，作为移居美国的英国人，某种意义上，也失去了故土和亲人。而伴侣吉姆和他们的共同生活的失去，更是将他抛入一个难以挣脱的漩涡。相比儿时那个幸福无虞的乔治少爷，中年乔治体会到生命中的舒适都是转瞬即逝的，伴随着成长的是不断地被剥夺，这才是令人心碎的人生真相。而对乔治来说，这些感受是无法传达、无人分享的，这成为他孤独的根源。

小说中乔治和吉姆的生活很幸福，但对乔治生活中的绝大多数人来说，一直是隐形的。吉姆因车祸死于探亲途中，乔治不仅无法为伴侣守灵，甚至未能参加葬礼。在吉姆家人眼里，乔治只是吉姆的“室友”。对乔治的邻居们来说，吉姆不过是回东部跟父母生活去了，没有人真正关心他的去向。关于吉姆的消息和情感无法与同事们分享；曾与他争夺吉姆的多丽丝已经意识不清；相较于吉姆的死，夏洛特显然更愿意沉浸在丈夫、儿子带给自己的痛苦里；而在自己最喜欢的学生肯尼面前，乔治一度试图谈及吉姆，但肯尼完全没兴趣了解。感情存续时无法言说，失去时得不到分担，这样的痛苦体验带给乔治最剧烈的愤怒，让他“恨四分之三的美国人”，因为“他们根本不知道吉姆的存在，他们的言语、他们的想法、他们的整个生活方式，都促成了吉姆的死”。但在反复咀嚼自己的恨意后，这些愤怒最终都变成了深刻的孤独。

小说中反复铺陈的，是广泛的生命孤独感。纵观全书，乔治一直都是疏离而不被理解的。邻居不了解他的生活，甚至对乔治的性取向心存顾虑。同事不了解乔治工作以外的部分，他甚至觉得对学校而言，自己只是一个悬浮的、能讲课的头颅。学生急于拿到学分、赶往下一个课堂，对他想传达的讯息并不关心，更无从了解他。最好的朋友夏洛特，虽然能给与乔治温暖，却无法完整地懂得。年轻的肯尼本是最有希望了解乔治的，但经过了卷笔刀作礼物、酒吧闲谈、裸身夜泳以及交流的障碍被一层层剥开后，沟通却最终滑出了理解的轨道，功亏一篑。乔治在不被理解中过完自己的最后一天，这一天是象征性的，背后是更长久宽广的生命段落。

这些纵横在乔治身边的理解的沟壑，让读者看到了中年乔治隐藏在中产阶级日常下的实际生存状态。小说的时代意义在于作者把这种浸润着自己生命体验的悲伤和孤独和盘托出，一方面展示现代生活中个体的普遍感受，更重要的是，作者让乔治难以言说，甚至不被允许言说的悲痛变得可见。作者认为这是生活"真相"的一部分。而这部小说的使命就是"说出真相"。小说出版后，他在日记里写道："我觉得我说出了真相，至于接不接受，随他们吧。"伊舍伍德所批评和反抗的，是把乔治、吉姆以及他们的生活变得不可见和孤立的那股力量。这力量本身也不可见，就隐藏在乔治的邻居、同事那样的普通人身上，也许连他们自己都没意识到。

另一方面，作者笔下的乔治虽然失去了青春健康的身体、承受了失去伴侣的痛苦、不被人理解，但在这样的悲伤情绪里，他并不是一个暮气沉沉、自我放弃的中年人。风湿让他蹒跚，幽门痉挛让他恶心，心脏的罢工甚至会杀死他，但他的生命力始终在病痛、悲伤的间隙迸发。他能踉跄着把自己收拾成大家期待的乔治，能思考，能在健身房和年轻人比赛仰卧起坐，更重要的是精神上保持着对命运的反击能力。乔治是不被理解的，在这样悲伤的现实面前，我们看到的却是他一次又一次尝试沟通。他常常有英式刻薄俏皮的腹诽，却从没有放弃达成理解的努力，一次比一次更努力，所以他在被评价为"讳莫如深"时愤怒异常。他渴望沟通，要"趁为时未晚，试着交换某种讯息，不管这讯息有多含混不清"。他有达成理解的强烈愿望，但自己像一本内容丰富的书，需要对方同样做出阅读的努力，"一本书是没办法自己读给你听的。它自己都不知道自己里面写了什么"，然而连所有人中最有可能理解他的肯尼也"懒得去深究"。他所有沟通的尝试都失败了，但依然没有放弃。在半夜酒醒后，生命最后的念头里，乔治倔强得几乎是决绝地在思想上放弃了对任何人的依赖，重整旗鼓，决定再出发，继续向生活发起挑战："乔治只有死死抓住现在。就是现在，他必须找到另一个吉姆。现在他必须去爱。现在他必须活下去——"作者塑造的乔治是一个西西弗斯式的英雄，一个中年的，身体开始衰败，不断承受失去、失败，即便被疾病击倒也从未放弃的英雄。这是乔治生命最为闪耀的时刻，最后的勇力带来的振奋，足以一扫整本小说中弥漫的悲伤之气。所以从这个意义上来说，《单身男子》电影中那把用于自杀的手枪虽然让乔治的痛苦更具象，却是导演对这个角色的误读。乔治虽然人到中年，咀嚼着自己的痛苦和孤独，却从来没想过用自杀来向命运投降，反而一直在组织自己的反击，最终成为一个失败的英雄。

精妙的结构也是这部小说不容忽视的优点。小说按时间顺序讲述了乔治一天的生活，能让作者腾挪的空间看似有限。但作者一方面通过意识流的创作方法，用乔治思想的流淌开发出时序空间之外的思想空间，在塑造人物之余大大增加了作品的信息量，将那些与小说主线关系较弱的，对文学、历史、社会、政治的看法都通过乔治的思想活动呈现给读者；另一方面，作者按时间顺序进行讲述的同时，在故事中嵌套了两层叙事顺序。乔治一天的活动看似自然发生，但同时也是在做生命的告别。作者安排他在一天中，与邻居、同事、学生、情敌、健身房（身体）、刚来洛杉矶时常去的山顶、夏洛特（友情）、肯尼（情欲）一一重聚和告别，作为生命的收束。这样的行程中潜藏的是作者所认为的生命中重要元素、记忆的排序。在最后的告别完成后，乔治才梳理思绪，迎来死亡。

更巧妙的结构安排是关于吉姆的。小说中吉姆只存在于乔治的记忆中，这一天开始时乔治最先回忆的是吉姆的死。而在小说最后，乔治在濒临死亡时，脑海里浮现的是他和吉姆初识的景象，一天里种种回忆拼凑出两人从相识到分别的情感和生活。乔治顺叙的生活和对吉姆倒叙的回忆、现实的痛苦和记忆的美好互为镜像，在小说中形成完美的对称。在深受古印度哲学影响的作者笔下，生和灭互为因果、环环相扣，所以虽然很难证实，作者仍执拗地把乔治毁灭倒计时的起点设定在了人生最美好的一刻，强化了小说的对称性。

翻译小说能比阅读时更为细致地体察作品中隐秘的纹路，但翻译工作最诱人之处在于将两种语言尽力贴合的过程。不同的语言有不同的肌理，背后还有各自的文化语境，中间的缝隙不可能完全消除。与这些缝隙不断搏斗正是乐趣所在，而力气尽处留下的遗憾也常常让译者难以释怀。如前文所言，“A Single Man”因为其同性爱情主题被译作“单身男子”，并成为国内读者、观众普遍接受的译名，但这个译名也造成了对小说丰富内涵的遮蔽。“单身”固然突出故事的情感取向，却掩盖了“Single”背后孤独、隔绝的内涵。另一方面，“Man”在英文中也可指普遍性的“人”，翻译为“男子”虽然与主角乔治贴合，却丧失了对所有人的普遍意指。作者希望通过小说、题目表达的现代人普遍的孤独状态被爱情主题的突出掩盖了。失去伴侣的男子和孤独的现代人，英文书名中一语双关的两种含义并无轻重之分，但译者在中文中未能找到让它们重新紧密贴合的翻译，只好用“独自一人”作为译后记的题目，望读者体察。

禹　磊

二〇一九年十月

图字：09－2019－225号

图书在版编目（CIP）数据

单身男子/（美）克里斯托弗·伊舍伍德著；禹磊译.—上海：上海译文出版社，2020.10
（伊舍伍德作品系列）
书名原文：A Single Man
ISBN 978－7－5327－8479－0

Ⅰ.①单… Ⅱ.①克… ②禹… Ⅲ.①长篇小说－美国－现代 Ⅳ.①I712.45

中国版本图书馆CIP数据核字（2020）第165578号

单身男子
A Single Man

Christopher Isherwood
克里斯托弗·伊舍伍德 著
禹 磊 译

出版统筹 赵武平
责任编辑 邹 滢 王 源
装帧设计 山 川

上海译文出版社有限公司出版、发行
网址：www.yiwen.com.cn
200001 上海福建中路193号
上海景条印刷有限公司印刷

开本890×1240 1/32 印张5.75 插页2 字数84,000
2020年10月第1版 2020年10月第1次印刷

ISBN 978－7－5327－8479－0/I·5210
定价：59.00元